そんなことよりキスだった
佐藤文香
左右社

そんキス通信

こんにちは。佐藤文香（さとうあやか）と申します。今までは主に俳句を書いてきましたが、このたび、恋愛掌編小説集『そんなことよりキスだった』（左右社）という本ができました。略称は「そんキス」です。私のことをご存じない方もいらっしゃるかと思うので、ちょっと長めの自己紹介をします。

二〇〇八年に出版した第一句集は『海藻標本』です。この句集にはほとんど恋の句は出てきませんが、タイトルは大学四年生当時の恋人につけてもらいました。表紙は、そのあと付き合った別の恋人が切り貼りしてつくったものを、デザイナーさんに忠実に再現してもらったものでした。

君の遺ふ言葉は薄し舟遊

二〇一四年に刊行した第二句集『君に目があり見開かれ』の表紙には、うすく「レンアイ句集」と文字をデザインしていただいています。この本、もともとは『恋愛句集』というタイトルの予定でした。恋愛の現場で書いた句が多いです。

さしあたりぬくし押し倒されやすし

ほかにはこういう本をつくりました。
俳句の入門書『俳句を遊べ！』
若手俳句作家のアンソロジー『天の川銀河発電所　Born after 1968 現代俳句ガイドブック』
詩歌のアンソロジー『大人になるまでに読みたい　15歳の短歌・俳句・川柳』
詩集『新しい音楽をおしえて』

心音や月のまはりの雲の皺

左右社　http://www.sayusha.com
一五〇-〇〇〇二東京都渋谷区渋谷二-七-六-五〇二
電話〇三-三四八六-六五八三　ファクス〇三-三四八六-六五八四

左右社 話題の文芸書

BL古典セレクション① 竹取物語 伊勢物語
訳者：雪舟えま
1,700円+税

BL古典セレクション② 古事記
訳者：海猫沢めろん
1,700円+税

どこでもない場所
浅生鴨
1,700円+税

〆切本
夏目漱石、村上春樹、藤子不二雄Ⓐ他
2,300円+税

〆切本2
森鷗外、二葉亭四迷、水木しげる、田辺聖子他
2,300円+税

源氏物語 A・ウェイリー版第1巻［全4巻］
著者：紫式部 英訳：アーサー・ウェイリー 日本語訳：毬矢まりえ＋森山恵姉妹訳
3,200円+税

源氏物語 A・ウェイリー版第2巻［全4巻］
著者：紫式部 英訳：アーサー・ウェイリー 日本語訳：毬矢まりえ＋森山恵姉妹訳
3,200円+税

源氏物語 A・ウェイリー版第3巻［全4巻］
著者：紫式部 英訳：アーサー・ウェイリー 日本語訳：毬矢まりえ＋森山恵姉妹訳
3,200円+税

そんなことよりキスだった

目次

初恋や氷の中の鯛の鱗

文香

花火

花火に誘われた。
友人の住むマンションの屋上に毎年集まってる、一緒に行こう、と言われた。
そのあとはふたりで焼き鳥を食べよう、と言われた。
もしや！！！
これはコクられるかもしれない！！！
でも好きな人じゃ全然ない！！！

しかしそもそもコクられるとはどういうことだったか。
コクられるというのは、好きだと告白されるのと、同じでよかったんだったか。

コクられたことは、そういえば、あった。

部室だった。
私、同じ部活の同級生と付き合っていて。
入部してきた後輩に、私だけが呼び出されて。
後輩は、私のバイト先のカフェの常連で。
あのときも、そんな気はしていたんだった。
これは、くる！！！というかんじが、あったんだった。

待ち合わせは千駄ヶ谷駅。
人がたくさんいる、みんなはそれぞれどこへ花火を見に行くのか。

私は松平さんに誘われて、知らない屋上に行くんだ。

屋上では缶ビールを飲むから松平さんと買っていく。
松平さんは、テレビ番組をつくってるって言ってた。
松平さんは、大阪出身だって、言わなくても関西弁だった。
私は、松平さんに、今からコクられるかもしれない。

私は、目が細い人のことも、好きになれるだろうか。

＊

知らない屋上の人たちと別れて、ふたりで知らない道を歩いた。
私はまだ、コクられていない。
私たちどう見ても、花火帰りのカップルだ。
たぶんこれは、焼き鳥屋でコクられる。
私はなんとしても、焼き鳥屋でコクられたい。
はやく！！！！！！！！

学園都市

私が幼稚園のむらさき組のとき好きだったのは、マンションの隣の部屋の町田くんだ。マンションの門のところで好きだと言ってみた。たいした返事が返ってこなかったのは、彼がひとつ年下だからだと思った。

小学校一年生のときに好きだったのは秋田くんだ。秋田くんは運動ができて、給食を食べるのがはやかったので、対抗してすごいはやさで食べることにした。秋田くんは牛乳の一気飲みができたが、私にはできなかった。いつも牛乳の差で、秋田くんが一番、私が二番だった。

そのあと好きになったのは小寺くんだ。小寺くんは勉強も運動もできたが、小柄でちょっと皮肉っぽいところがあったので、女子のあいだで小寺くんが好きだったのは私だけのはずだ。小寺くんは、私が住んでいるマンションよりちょっと新しいマンションに住んでいた。

友達のなかでは、尚美ちゃんがもてた。尚美ちゃんは小寺くんと同じマンションだった。尚美ちゃんは眼鏡なのにもてた。私は当初、自分は眼鏡だからもてないと思っていたが、尚美ちゃんがもてるなら自分がもてないのは眼鏡のせいではないだろうと理解した。私はショートカットで、太ってはいなかったが痩せてもいなかった。

流れ星　ピアニカが息を欲しがる

休み時間は男子とのメンコに加わった。女子でメンコをするのは私だけだった。メンコとは、牛乳瓶の蓋を文字が書いてある方を内側にして二枚重ねて貼り付け、授業中に尻の下に敷いて強くしたもので（私たちはその行程を「プレス」と呼んだ）、両面に絵を描いて完成させた。絵を描くのが得意な原口というのがいて、ふだんはキモいと言われていたが、イラスト職人としては重宝された。私も原口に絵を頼んでいた。原口が私を好きだという噂があったが、迷惑なことだと思った。原口にとっても、迷惑だっただろう。

三年生の終わりごろに地震があった。その日の学校は休みになった。西区は震度六弱くらいで済んだけれど、神戸の街は大変なことになっているようだった。お父さんはダイエーが開いたと聞いて買い物に行き、いつもは買わないフルーツヨーグルトを買ってきた。

学校の横の公園に仮設住宅が建ち、家がなくなってしまった人たちが引っ越してきたので、転校生が学年に何人かずつやってきた。うちのクラスに来たのは和歌山くんだった。和歌山くんは消しゴムハンコをつくるのがうまかった。一洋と書いてかずひろと読むのに、「いちようって呼んで」と言ってまわっていた。和歌山くんには、恋はしなかった。

四年生になった私は、浅田由起ちゃんと仲良くなった。由起ちゃんとは交換日記を始め、好きな男の子のことを書いた。由起ちゃんは菊田くんが好きだった。菊田くんは色黒で、唇が厚かった。私はまだ小寺くんのことが好きだったが、由起ちゃんといたからか、だんだん菊田くんが好きになった。

ある日、私が学校の机に交換日記を置き忘れて帰った。好きな人のことを赤裸々に書いてあるので、見られたら一大事だ。翌日、由起ちゃんとふたりで確認したら、どのページにもひどい字で落書きされていた。さらによく見ると、ひどい内容が書かれているのは、明らかに私の側のページだった。先生に言うのも恥ずかしいので、泣き寝入りした。みじめな気持ちで帰宅するとき、通学路の角の一戸建ての家に時計草が咲いていた。

書くと溜まる気持ち　秋かもしれない風

その年初めて、バレンタインデーにチョコレートをあげることにした。由起ちゃんも私も、菊田くんにあげた。翌日、小寺くんが「浅田のチョコはうまかったけど、佐藤のはあかんかったたって菊田が言ってたで」と言ってきた。本当は小寺くんのことも好きだったのにな、と思った。

菊田くんも小寺くんもやめて、多田くんを好きになることにした。多田くんは、運動はまあまあできるが、あまり取り柄のない子だったから、ライバルはいないだろうと思った。はにかみ笑いがかわいくて、むにょっとした字を書いた。休み時間に、たまに話しに行った。話すことは特になかった。

私は転校することが決まった。
最後の遠足のとき、担任の斎藤先生には多田くんが好きだとバレたが、本人には言わなかった。もし告白したとしても両思いにはなれないだろうと思ったし、もし両思いでも離れてしまうなら知らない方がいいと思った。斎藤先生は歯茎が出ていた。

道の花　さよならは大人のことば

ボンバー時代

六年生のはじめに松山に転校した。始業式では代表挨拶をした。ほどなく、修学旅行があり、好きになったのは同じ班の川上くんだった。川上くんは眼鏡だったが、運動も勉強もできて、人気があった。私は、親から中学受験をするように言われ、塾に通い始め、附属中を受験することにした。川上くんも受験することになっていたので、一部の女子から追っかけ受験だと陰口をたたかれた。同じ小学校からほかにも何人か受験したが、合格したのは私と川上くんだけだった。同じ中学に行けるのは嬉しかったが、バレンタインデーに川上くんにチョコレートをあげようとしたら、走って逃げられて、渡すことができなかった。音楽室の前だった。

中学に入学し、男子からは「パンチ佐藤」「ボンバー」と呼ばれた。髪の毛の天然パーマがすごいことになっていたからだ。身長は一四六センチしかなく、小太りかつ眼鏡だった。バレー部に入ったが、背が低いのでリベロだと言われた。

目立ちたがりな性格に加え、外見要因もあって、もてないことには拍車がかかった。男子から好かれたいというよりは、人気者になりたかったのだろうが、仲のいい友達はクラスで地味かつ真面目な方から三人だった。四人でイラスト交換日記をしたり、エッチなイラストを描いて、自分専用の便箋をつくったりしていた。

そのころ、クラスに俳句の先生が来て、俳句をたくさんつくった。たとえば、こんな具合である。

牛乳を拭いた雑巾春隣
また今朝も猫のあいさつ春近し
平行な風友達になった猫

なにしろ真面目だったので、勉強はできた。マラソンでも学年三位になり、クラス一お調子者の安川に「おまえは勉強マシーンやと思っとったけど、運動もできるんやな！ 見直したわ」と言われた。それを聞いたハーフの直太郎が「スタディーマシーンか勉強機械かどっちかにしろや」と言った。私は年末の学年の英語暗唱大会にも出場し、直太郎に「英語がなまっとる」と言われたが、直太郎の日本語こそ伊予弁であった。

クラス対抗合唱コンクールで自由曲「マイバラード」の指揮者をし、四拍子の曲が途中三拍子になるところで三角形を描くようにしたので、それをネタにして真似する男子が続出した。

それでも一年生のときのバレンタインデーには三人の男子に対して、ラブレター入りのチョコレートを渡した。一緒の小学校だった川上くんと（なぜかこのときは渡せた）、ちっちゃめだがみんなにやさしくて人気のある武藤くん、ちょっと大人びた平井くんだ。三人それぞれへの好きがこもっていた。それが気持ち悪がられることには、気が付いていなかった。

二年生になって、一年生のときも同じクラスだった関根今日子ちゃんと仲良くなった。今日子ちゃんは、附属小学校のころから恐竜マニアでピアノも得意な河本くんと付き合っていて、それだけで羨ましかったが、その上異常にもてた。私は一年間で背が伸び、小太りではなくなったし、ものすごい天然パーマも、髪をくくることによってどうにかマシになったが、相変わらずもてることとは程遠い生活だった。今日子ちゃんがキスをしただのエッチなことをしただのという話を聞くにつけ、はやく自分も彼氏をつくってキスやエッチなことをしたいと思った。河本くん、今日子ちゃん、私、直太郎で遊びに行ったりもしたが、直太郎は別の女子のことが好きだという噂もあり、恋愛関係にはならなかった。

あるとき社会の戸隠先生が好きになった。戸隠先生は女性で、ショートカットで眼鏡、すらっとしていてスカートは穿かない人だった。一年生の担任だったので、休み時間になると今日子ちゃんをバルコニーに誘って、戸隠先生を見ていた。戸隠先生は車通勤だったので、戸隠先生の車の助手席に乗せてもらうことや、エッチなことをするところまで想像した。そのころサイン帳という、プロフィールやメッセージなどを書いてもらってファイリングするものが流行っており、戸隠先生にも書いてもらって大事にした。カモフラージュに、別の社会の先生にも書いてもらった。

運動会はクラス対抗で、クラス単位で応援団が結成された。応援団はイケてる系の人たちがやるものなのに、私は無謀にも応援団に入ることにした。美人でない上に、踊りなどを覚えるのも遅く、私が役に立ったのは内容を考えるところくらいだった。強そうな四字熟語を羅列し、まずは団長、そして団員、そしてその他のクラスメイトが段々に加わって叫ぶというのを考案した。私が一番好きだった四字熟語は「猪突猛進」だ。

応援団は、男子も女子も学ランで、胸にはさらしを巻く。さらしは、リーダー格の文枝ちゃんが布屋さんで買ってきた。分不相応に応援団に入った私は、切り分ける前の棒状のさらしで男子に叩かれ、ほかの女子も笑ってそれを見ていた。私たちのA組は応援・競技どちらも優勝した。

その年のクラス対抗合唱コンクールでも、私は懲りずに指揮者に立候補して、歌わない男子に歌ってくれと懇願したりした。


三年生になったある日、武藤くんに告白された。

私は一年生のころから武藤くんが好きで（途中戸隠先生が好きになったりしたものの）それはクラス中に知れ渡っている上、たぶん武藤くんには付き合っている人もいる。この告白は嘘だと思いながらも、やはり嬉しかったので、いいよ、と言ってしまった。何時間か後に、武藤くんからうちに電話がかかってきた。

「ごめん、あれ、王様ゲームの罰ゲームやったんよ」

まぁ、そんなもんだろう、と思った。

十五年後、同窓会で武藤くんに会った。「あのな、自分の子供というのはな、むちゃくちゃかわいいんや‼」と言っていた。相変わらずキラキラした目で、かわいいおじさんになろうとしていた。

高校デビュー

私の高校デビューの準備は万全と思われた。

中学生のときにやってみて全く効果のなかったストレートパーマではなく、ちゃんと縮毛矯正をしたし、眼鏡もコンタクトにし、オバQのような白い携帯も買ってもらった。

新しくできた友達には「あやか」と呼んでもらおうと決めた。

しかし入学してみると、手ぬかりがいろいろあった。まずは靴下と靴だ。お洒落な女子たちは、靴はローファーと呼ばれる革靴、ふくらはぎが隠れるくらいのハイソックスで、バーバリーかラルフローレンだった。私の靴下は近所のスーパーの二階で売っているふくらはぎ下のものだったし、足のサイズが二十六センチもあるので、黒のメンズのスニーカーだった。足元を見れば、イケてる子かそうでないかの区別がつく。

私の中学（一学年百六十人）から高校（当時は一学年四百四十人）へは約百人が合格したため、クラスに八人も同じ中学だった人がいたのもよくなかった。中学の修学旅行で「サトゥー」（トゥにアクセント）というあだ名がついた私は、いくら「あやかって呼んで」と言ってまわったところで、所詮「サトゥー」なのである。

そして最も痛かったのは、性格が変えられないことだった。気がつけば、学級委員に立候補していた。クラスの女子にもいつの間にか階層が生まれ、一番お洒落でないグループに、私はいた。

それでも、男友達に友達を紹介してもらって、デートをしてみて、付き合うことになった。完全に、「彼氏がほしい女子」と「彼女がほしい男子」のマッチングだった。初めて男子と付き合えることになって嬉しい私は、すぐにその子のことが好きになった。はやくキスしたりエッチなことをしたりしたいと思った。

しかし、たぶん、彼の方は私のことを好きにはならなかった。私の素性が知れたのだろう、「サトゥーと付き合っとるとかウケる」と思われたに違いなかった。わずか一ヶ月と十日で振られてしまった。

その一ヶ月と十日のなかに、私の誕生日は存在した。

初めての彼氏は、無印良品で小さなサボテンを買ってくれた。別れてからもサボテンは大事にしたが、すぐに枯れてしまった。水のやりすぎが原因だった。

屋上への階段

高校生活初めての運動会、私の縦割りグループの名前は「黒潮」だった。運動会前は部活動停止期間となり、グループごとに応援練習をしたり、劇に使う小道具や衣装、全員が並ぶグループの背景となるパネル絵をつくったりすることになっている。私は、ちまちましたものを一人ずつつくるよりは、みんなでデカいものをつくる方がいいなと思い、同じクラスのミキちゃんと一緒に大道具係に入った。大道具係は、市内の竹林で採ってきた太い竹を組んで、劇の舞台をつくる役割だった。

私たち一年女子二人は、二人の三年男子と組んで、作業を進めることになった。三年生の二人は綿貫先輩と丸本先輩といった。二人とも帰宅部らしく、クラスでも地味なのだろうと思われる人たちだったが、気軽に話しかけてくれてありがたかった。ミキちゃんはすぐに綿貫先輩にマシンガントークを仕掛け、私は自然に丸本先輩とよく話すようになった。私たちもクラスの女子ではイケてなかったから、ちょうどよかった。毎日休み時間も大道具の話をした。

綿貫先輩は色白でインテリっぽく、共通語でウンチクを言う人だった。丸本先輩は、香田晋から男気を取り払って太眉に取り替えたような顔だった。綿貫先輩が「まるちゃんは顔に似合わず脛毛が濃いのが悩みでさぁ、一回全部剃って、生えてくるとき悲惨だったんだぜ」とからかうと、丸本先輩は「言わんでええ言わんでええ」と笑いながら遮る。綿貫先輩がまるちゃんまるちゃん言うので、私たちも丸本先輩のことをまるちゃんと呼ぶようになった。私は俳句部で、俳句甲子園で優勝したことを話したら、丸本先輩は「全然わからんけどすごいやん！」と褒めてくれた。丸本先輩のことが好きになった。

気が早いミキちゃんは準備期間中に綿貫先輩に告白し、うやむやに振られた。私はもうちょっと待つことにしたが、ミキちゃんには伝えていたし、綿貫先輩にもバレていた。教室移動のときにすれ違ったりすると、踊り出しそうなほど喜んでいたので、丸本先輩にバレていたとしてもおかしくなかったが、綿貫先輩は「まるちゃんは本気で気づいてないっぽい」と言っていた。

丸本先輩は、どうも勉強は全然できないらしかった。綿貫先輩が「まるちゃん、この前の模試で志望校全部E判定だったけど大丈夫？（笑）」と教えてくれた。その代わり、一年のときは野球部で、持久走大会でも一位だったという。運動ができるのも、細いのもよかったし、左利きなのもポイントが高い。何より、顔が好きだった。

運動会は無事に終わり、毎日は会えなくなったので、わざと数学のわからない問題を教えてもらいに行ったり（丸本先輩はすぐには解けず、翌日丁寧にノートに書いて持ってきてくれた）、文化祭を一緒に見てまわったりした（俳句部の展示のところで一緒に写真も撮った）。何を頼んでも、まったく嫌な顔をしない。稀有な人だと思った。

好かれているかはともかく、嫌われてはいないだろうという自信から、ついに告白に踏み切ることにした。

ある日の放課後、校舎の四階から屋上へ上がるための普段は使われない階段に、丸本先輩を呼び出した。ちゃんと言えなかったらいけないので、ラブレターも書いた。二人になったところで、「どしたん？」と言われた。どしたんとかいう話ではない。察してくれ。いや、ここで察してくれない丸本先輩だから好きになったのか。きっと、私がクラスで学級委員に立候補するわりにイケてないこととか、今眉毛を細くしすぎてキモくなってることとか、どうでもいいのだろう。ものすごく緊張して、泣いてしまった。

ヤバい、これ、重いと思われるヤツやん！　もっとナチュラルにやる予定やったのに。

「えぇ？　大丈夫？」丸本先輩は動揺した。

大丈夫やないから泣いとるんやろ！　やっとのことで「先輩のこと、ずっと好きだったんで、付き合ってください」と言った。丸本先輩は心底驚いた様子だった。

「そっか、えー、ありがとう、うーん、ちゃんと考えたいから、一日待ってくれる?」

「……はい」

私が泣き止むまで待ってくれて、その日は帰った。

次の日の放課後、同じ階段に来た。ＯＫなら普通はその場で付き合ってくれるだろう。待たされるというのは、振られる可能性が高い。振られても、いい思い出にしよう。

「昨日告白してもらって、すごい嬉しくて、でも俺でいいんかな、って考えたんやけど、俺も佐藤さんのこと好きやなと思ったけん、付き合ってください」


えええ???　おおおおおお!!!!!

「俺も言えんかったらいかんと思って手紙書いてきた」

うおおお!!!!　やったがーーー!!!!!!!

昨日に続き、また泣いた。恋が叶うというのは、こういうことか、と思った。丸本先輩は、昨日同様おろおろしながら「手紙は恥ずかしいから家で読んでな」と言った。

帰宅して、手紙を読んだ。かわいい字で、結構長く、普通のことが書いてあった。普通でよかった。

私の「付き合ってください」に対して「いいよ」ではなく、「付き合ってください」で返してくるところが、丸本先輩らしいなと思った。

丸本先輩は、女子と付き合うのは初めてらしい。

私も、紹介でなんとなく付き合った初めての彼氏とは一ヶ月と十日で別れてしまったから、思いを寄せていた人と付き合えるというのは初めてだった。しかも、丸本先輩も、すでに私のことを好きになってくれているようだから、花のカレシ・カノジョライフが始まること間違いなしである。最高じゃないか。

まずは、お互いをどう呼ぶかだ。私は「あやか」と呼んでもらうことになり、丸本先輩のことは、先輩だけど「京平」と呼ぶことになった。ミキちゃんを含む知り合いの前では、引き続き「まるちゃん」と呼ぶのがよかろうという話になったが、ここからは丸本先輩ではなく京平と呼ぶことにする。

続いて、いつ会うかを決めた。京平は三年生、しかももう十月だから、受験まっしぐらでなければならない。とりあえず、お昼ご飯を一緒に食べることにした。はじめは運動場の端のベンチでふたり弁当箱を広げていたが、けっこう人目が気になるのと、寒くなってきたのとで、十一月になる前には、告白した階段に場所を移した。一年生の教棟の四階から屋上へ上がる、普通の人は通らないところ。屋上への扉は、何度開けようとしても閉まっている。しゃべりながらご飯を食べて、食べ終わったらひっついたりしてドキドキしていた。

一週間くらいして、そろそろいいだろうと思って、私からキスをした。大丈夫だった。ファーストキスクリアである。すぐに京平からもしてくれた。いけるじゃないか。それから毎日、抱きしめたり、ちょっとエッチなこともするようになった。たまーに階段を人が上がってくることがあり、足音で慌ててお互いから離れた。

放課後も、京平が家まで送ってくれることになった。私は徒歩通学、京平は自転車通学で、うちは学校から徒歩二十分かからないので、京平の家の方向とは真逆だったが、ほとんど毎日一緒に帰った。私の週三回の部活の時間は、京平は教室で勉強しておいてもらい、終わり次第待ち合わせる。持久走大会前には、私の鞄を京平の自転車のカゴに入れて、私は制服に革靴で走った。うちへの帰路の最後は上り坂だったので、ちょうどいいトレーニングになった。

帰宅してからはメールもした。ｉモード同士だった。メールボックスがいっぱいになると古いメールが消えてしまうので、返ってきて嬉しかったメールは即保存。毎日飽きずに「大好きだよ♥」と送った。京平は、めんどくさがらず、律儀に「俺も大好き♥」と返事をくれた。

休日会うのは基本的に自粛したが、模試の後にはデートもした。松山で遊ぶところといえば大街道で、と言ってもそんなにやることはなく、だらだら商店街を往復したり、デパートの屋上にある「くるりん」という観覧車に乗ったりするぐらいだったが、とにかく、彼氏とプリクラが撮れるだけで嬉しかった。撮ったプリクラを、帰宅してから何度も見返して、好きな人に好かれているという幸せを噛み締めた。チュープリ（キスしているプリクラ）を母親に見つかって、妹に悪い影響を与えないようにと注意された。

クリスマスは私の部屋で過ごすことになり、京平はプレゼントを持ってうちまで来てくれた。プレゼントの包みは一メートルくらいあって、自転車のカゴからわんとはみ出している。トイザらスの袋を開けてみると、でかいゴールデン・レトリバーのぬいぐるみだった。彼氏というのは普通、彼女にネックレスとかをくれるものだと思っていたが、犬がきたので爆笑した。京平は、「俺やと思って大事にしたってな」と言った。私はぬいぐるみの犬を「まる」と名付け、日々抱きしめた。

そんなうわついた日々を送っていたため、まずは私の成績が下がった。ほかの教科は定期考査一週間前からの追い込みでなんとかなったが、英語がヤバかった。一学期の中間考査で九十点あったのが、二学期末には七十五点、学年末には六十八点になった。英語の試験の朝、ご飯を食べながら日本語訳を暗記していることが母親にばれて、ひどく怒られた。それでも、宿題を欠かさず提出し、授業態度もよかったおかげで、学年末の評定はギリギリ八十点にとどまり、評定平均は下げずに済んだ。

それより、問題は受験生の京平の方である。センター試験後、何がどうだったか、詳しく教えてくれないので、心配していた。三年生の登校日、廊下で京平を待っていたら、たまたま綿貫先輩に会ったので、「まるちゃん、どうだった?」と聞いたら、「受かる国立大学はないって先生に言われたって」と教えてくれた。京平は、会うなり「浪人することにした」と言った。

「私のせいかもしれんね」

「いや、あやかがおらんかったらもっとがんばれてなかったよ」

少しほっとはしたが、わたしたちが勉強をおろそかにしすぎたのは間違いなかった。

京平は香川の予備校の寮に入ることが決まった。長く会えなくなるけれど、ふたりとも別れることは考えなかった。香川に行く前日に会って、これからはお互い勉強をがんばろうと誓った。予備校では日中の携帯電話の使用が禁止されているらしく、一日に一メール往復で我慢すると決めた。夏休みには少し会えるし、大丈夫だと思った。しかし、京平が「俺は医者を目指す」と言ったのには、不安を感じた。やる気を削いでもいけないので、「京平に向いてる職業はいろいろあると思うよ」と言うにとどめた。

卒業式で、京平は、皆勤賞と体育賞をもらった。私は京平の第二ボタンをもらった。

大街道から自転車で

予備校に通いだした京平から、医者は諦めて理学療法士を目指す、早稲田のスポーツ科学部を受ける、とメールが来た。まずは医者を諦めてくれたのにホッとした。一日一通しか送れない京平へのメールに、何をどれくらい書くか考えるのが、毎日の楽しみになった。

高校二年になった私には、やる気がみなぎっていた。予習復習を欠かさず、女子から「サトゥ～数学教えて～」などと言われ、教えてあげるのもまんざらでもなかった。遠距離ではあるが、彼氏がいるというだけで恋バナにも加われた。

夏休みになり、京平が帰ってくる日が決まった。毎日一通のメールは「どうやってラブホテルに行くか」に特化された。

京平の家は彼女が入ってはいけないようだったし、私の部屋に京平は入れても、ドアを開けたままにしなさいと親に言われていたため、家では何もできそうになかったのである。

生徒会の書記になった私は、副会長によってエロ漫画が大量に導入された生徒会室に入り浸り、エロい気持ちを高めた。京平は、寮生活用にもらう仕送りを少しずつ貯めて備えた。

そして当日。親には街で遊んでくると言って自転車で出かけ、大街道で待ち合わせた。私の自転車には高校の鑑札シールが貼ってあるので、無料の自転車置き場に置いた。京平は自転車を押しながら、ふたりで歩いてホテルに向かった。

ホテルは街からは離れた、石手川沿いにあった。恐る恐る敷地に入ると、一階はすべて車庫、二階が部屋になっていた。車庫に自転車を停めて、部屋への入り口から入ろうとしてみた。が、ドアが開かない。

見回してみると、車庫に車を停車すると入り口が開く仕組みだとわかった。ジャンプしたり、歩き回ったりしていたら、掃除のおばさんが通りかかった。おばさん、開けてくれないかな……と願ったものの、叶わず。部屋の前は暗いまま、うんともすんともいわず、私たちはすごすごと、ホテルをあとにした。腕毛もスネ毛もワキ毛もちゃんと剃ってきたのに。持っている中では一番いいパンツも穿いてきたのに。

結局、京平の両親の留守中にセックスはできたのだった。好きな人とできたことが嬉しかったのはもちろん、経験した側の人間になれたことは、私の自己肯定感を一層高めた。

二回目の俳句甲子園は準優勝だったが、個人の最優秀句に選ばれた。生徒会の仕事をこなしながら、評定では文系のなかで常に上位を保ち、校内で一名の志望校の指定校推薦枠を得ることを確実にするべく努力を続けた。京平は、成績などは教えてくれなかったが、真面目に予備校生活を送っているようだった。毎日「明日もがんばろう❤」とメールした。

京平の二度目の受験が終わり、蓋を開けてみると、受かったのは私の知らない関西の工業大学ひとつだった。さすがにがっかりしていたけれど、二浪はしないと言い、京平の大阪での一人暮らしが決まった。京平のお父さんが建築士ということもあり、建築学部に入るのはいいと思った。京平も建築士になればいい。

そこで私が関西の大学に志望校を変更できればよかったが、残念ながら私の模試の偏差値からすると、目指している大学の指定校推薦以外は考えられなかった。来年私が大学に行けても遠距離だと思うと、けっこうがっかりした。

ただ、これからは一日一メールからは解放されるし、休みの日には電話もできる。関西から東京なら新幹線もあるし、とにかく今までの一年耐えられた私たちだから、きっと大丈夫だろう。

大学生になった京平は、ワンダーフォーゲル部に入った。運動神経がいいからぴったりだったが、土日は山に入るので、携帯が通じなくなるのが残念だった。土日以外の日も、結局一日一メールからあまり増えなかった。大学生というのは忙しいんだな、私もはやく大学生にならなくちゃ、と、元気に学校に通った。

俳句部を引退し、帰省した京平と一緒に、俳句甲子園を見に行った。セックスは、したかったけれどしなかった。京平は部活の合宿で一旦大阪に戻り、九月にまた帰省すると言った。

合宿後、京平からのメールの返事が明らかに鈍くなった。特に、「大好きだよ❤」に対して、返事が来なくなった。何かあったな。かわいい先輩にコクられたとか、そういうのが。こちらからメールを送るのを、少し控えるようにした。

京平から会って話したいとメールが来た。

私は、たぶん振られる。

ふたたび帰省した京平は、私の学校が終わるのを待っていた。一緒に私の家の近所まで歩いてきてようやく、ちょっと話そうと、寺の境内のベンチに座った。「あやかのこと嫌いになったわけやないねん。好きなんやけど、ちょっと前とは違うっていうか……」。要するに、私から心が離れたんだな。他に好きな人ができたのかもしれないけれど、それは追求しないことにした。

「私さ、告白するとき泣いたよね」「京平にOKもらうときも泣いて」「あの階段、よく行ったよね」私は、思い出を振り返って感傷的になり、泣いた。最後に、「今までありがとう」「これからも元気でね」と言った。私たちの一年十一ヶ月が終わった。日が暮れて暗くなった寺の石のベンチにふたり。石のベンチは冷たかった。

私はその後、すぐに同じクラスの男の子を好きになり、告白してあっさり振られた。が、めでたく志望校への指定校推薦が決まり、同じく指定校で同じ大学に決まった、他の学校の男の子と付き合い始めた。俳句で出会った子だった。と思ったら、また別の俳句の男の子に告白されて、遠距離恋愛の二股を始めたが、メールを送り間違えてすぐバレた。まぁ、私が悪い。

毎日ランニングをして持久走大会では学年一位。卒業アルバム編集委員長をやり、クラスの文集も編集した。卒業式では答辞も読んだ。きっと楽しい大学生活が始まる。京平がいなくても。

＊

何年かのち、ミクシィで京平を発見して、懐かしくなってメッセージを送ってみた。どうしているか聞くと、建築にはやはり興味がなかったから、大学をやめて公認会計士を目指しているという。それは難しいんじゃないかと思ったが、言わないでおいた。

そしてつい先日、フェイスブックで京平を発見して、懐かしくなってメッセージを送ってみたが、反応はない。ステータスを見ると、二〇一〇年の時点では、別の大学の建築学科の通信制に通っていることになっていた。

今はどうしているだろう。もしどこかで会えたら、また「告白するとき泣いたよね」から、話を始めたい。

あの日私が泣くのを見ていたのは、京平だけだった。

初めてのすべてが、京平とでよかった。

龍

ダルビッシュ有に似たイケメンに連れられて訪れた人生初のクラブ（ラブにアクセント）は、コンテンポラリーな空間に重低音が響いていて、踊っている人はいなかった。ダルビッシュ有似のイケメンは、たまたま友人の写真展で会って意気投合した調理師で、本名は教えてくれなかったので、ユーと呼ぶことにした。

ユーはハイテンションで、ことあるごとに体を寄せてきた。私は酔っ払って、何かあたたかいものが食べたかったし、ずっと同じにしか聴こえない重低音にも疲れていた。眠いので帰ると言うと、俺もついて行くと言う。私はまとわりつくユーを連れて帰宅した。こんなイケメンを家に入れるのは初めてだった。少し誇らしい気もした。

着替えるからTシャツを貸してくれと言うので、インドTシャツを貸した。インドTシャツとは、叔父がインド土産に買ってきたもので、胸と背中に仏が座っている柄の、たぶんメンズのLサイズくらいあるもので、男子がうちに来るとみなそれを着ることになっている。ユーは一八〇センチはあるだろうから、インドTシャツがちょうどよいだろうと思った。

ユーが服を脱いだのをチラ見した私は「うへっ」と声を上げた。「いいでしょ」とユーは言う。上半身全域に、龍の刺青が施されていた。「全部見せてあげようか」と言って、ズボンとパンツも脱いでくれた。深い緑。ちんこ以外、全身にくまなく入っていた。小さいお尻の鱗模様がとくに綺麗で、後ろから写真を撮った。「痛かった？」と聞くと「痛くないよ」と言われた。そんなことよりキスだった。

「もっと」

「うん」

「そう」

美しい龍は私を包む。私は鱗がない種類の動物なので、ひどく無様だった。

朝起きて、またユーに抱かれたあと、昨日からお腹が空いているからご飯をつくってほしいと頼んでみた。「肉じゃがをつくってあげる」とユー。イタリアンで働いていると聞いた気がしたが、肉じゃがだなんて男子の心を摑みたい女子みたいだな。家の前のスーパーにふたりで買い出しに行き、人参とじゃがいもと玉ねぎと豚肉を買った。

帰宅するとユーはすぐさま人参を剝き始めた。どえらい速さだった。「洗ってから剝くんじゃなくて、剝いてからさっと流すんだよ」と言った。１Ｋの部屋の狭い台所のシンクに、乾いた人参とじゃがいもの皮が落ちていった。私はインドＴシャツのユーの背中を見つめ、その中の龍のことを思った。

「俺にも俳句教えて」とさえ言われなければ、もう少し長く付き合い続けていたかもしれない。

小泉くんが気になる

新古今ゼミ初日の飲み会から夏休み前日の今日まで、一度もゼミに来ていないと思われる小泉くんのことが気になっていた。

二限のゼミが終わり、教授と仲のいいゼミ生の私たち三人は、みんなでCAFE GOTOへ。教授のおごりでフルーツタルトをたいらげてから、私は「そういえば」と話を切り出した。

「小泉くんって、飲み会以降来てないですよね」

「来てないねぇ。佐藤さん仲いいの？」

「いや、飲み会で隣の席だっただけなんですけど。学校にも来てなさそうだから、ちょっと心配で。おせっかいかもしれないですけど、メール送ってみたいんで、アドレス教えてもらえませんか」

「ああ、それはいいかもしれない。毎年何人か来なくなっちゃうんだよなぁ」

カフェを出て解散したあと、教授は早速、小泉くんのメールアドレスを送ってくれた。

＊＊

小泉くん

新古今ゼミの佐藤です。飲み会で隣だったけど覚えてるかな?
ゼミに来てないので心配になって、先生にアドレスを聞いてメールしました。
もしよければ、写真美術館にでも行きませんか。
日本酒も飲もう。

佐藤

＊＊

さっぱりしたメールを心がけたが、メールを送ってみて気づいた。これじゃナンパじゃないか。授業に来るか来ないかとは関わりなく、返事が来なくても仕方のないメールだ。学校に来ない子のアドレスを聞かれデートに誘うのに使われるなんて、教授もびっくりである。

しかし、翌日、返事が来た。

＊＊

佐藤さん

メールありがとう。
写美はちょうどニューカラーの展示で、行きたいと思ってました。
家は東中野だったよね。
中野に行ってみたいお店があります。
来週の水曜日はどうですか。

小泉

＊＊

なんと！　驚くべき好感触！　私が東中野に住んでることを覚えてるとは！　これは付き合えるんじゃないか⁉　いやそこではない。まずは元気そうでよかった。そして水曜午後三時に待ち合わせることにした。

写真美術館のチケット売り場に先に着いて待っていると、小泉くんはぬぼっとした黄色いトレーナーで現れた。全然イケメンではない。いや、イケメンだと思っていたわけではなく、どんな顔だったか思い出せなかったのだ。トレーナーの首元から下着のシャツが見えていたが、ちゃんと髭は剃ってあった。私を見て、少し笑った。楽しそうなのでホッとした。

チケットを買って、何か雑談をと思い、「私、エグルストン好きなんだよね」と言うと、小泉くんは「自分もです」と言った。一人称が「自分」の人だったか。オタクっぽくて好きなタイプだ。

展示は、よかった。写真のなかの色ごとに、懐かしさを覚えた。とくに黄色がよかった。いつもはそそくさと見終えてしまうが、ゆっくり見る小泉くんに合わせて歩いた。作品ごとに立ち止まる小泉くんの斜め後ろに立ち、小泉くんがここにいるという雰囲気を感じた。布団の上に受話器が置かれている写真で、ちょっと欲情した。腕を組みたくなったが、さすがに早いだろうと思いやめておいた。小泉くんは図録を買い、私は何点か絵葉書を買って、美術館を出た。


「東京は、見たいときに写真展が見られるからいいよね」

「小泉くん、出身どこだっけ」

「名古屋と、そのあと親の転勤で北海道に行ったり」

「大学はあんまり来てないみたいだけど、ふつうに出かけたりはするの？」

「うん、水曜以外は毎日バイトしてる」


小泉くんが学校に来ないのは、体調が悪いとか、精神的に参ってるとか、そういうわけではないことがわかった。それならよいのだ。問題ない。

「なんで大学は来ないの？　いや、来いって言ってるわけじゃなくてさ、その」

「集団行動が苦手だからかな。高校までも、あんまり行ってなかったし」

「バイトは大丈夫なの？」

「バイトは、仕事だから。仕事は、結局ひとりずつがやることっていうか」

「私は逆だ。学校は毎日行けるけど、バイトはすぐやめちゃうんだよな。最近もカフェでバイトしてたんだけどさ、カフェラテをお客さんにぶっかけちゃってから、もう怖くて行けなくて。カテキョもやめちゃったし。日雇いの、三茶のピーコックでドラフトワン売るとかもやったけど、売れなくて一回で懲りたし」

「自分は居酒屋で二年目です」


そうか、学校に適応できて社会に適応できない人間と、学校に適応できず社会には適応できる人間がいるのか。


「じゃあさ、逆に、なんでゼミのはじめの飲み会は来たの？」

「毎年はじめは、なんとなく、行ってみようかなって気分になるね。でも、いつも友達できないし、いいかってなる」

「私が話しかけすぎてウザくて来なくなったのかと思った」
「いや、嬉しかったですよ」

この際だから言ってしまおう。

「私が友達じゃダメかね」
「佐藤さん友達多そうだしなぁ」
「いや、それがあんまでさ。みんなと仲良くしてるつもりが、いつの間にかひとりになっちゃうんだよなー。女子が苦手でー、なんか気遣いすぎちゃうんだよねー。男友達の方が気楽。高校の友達も、結局男子しか残ってないし」

もう一押しか。

「だからさ、男子の友達ほしくてさ。飲み会で小泉くんと友達になりたいって思ったのに。来なくなっちゃうから。私寂しいやん？」
「……そういうこともあるのか」

「ん？」

「自分が学校に行かなくても迷惑かけないと思ってたけど、自分と友達になりたかった人に、残念な思いをさせるということはあり得るのだなあと思って」

「あり得るのだよ。しかしだからと言って、無理して学校に来いと言いたいわけではない」

「あはは。ありがとう」

私の好意は、少しは伝わったようだった。

恵比寿から山手線、新宿乗り換えを避けるため、代々木で中央線各駅停車に乗り換えて中野に着いた。小泉くんはこのあたりをよく知っているらしく、暖簾をくぐって蕎麦屋に入る。

「蕎麦屋で飲むのって、大人ってかんじでいいよね」

「私初めてだ。つまみもあるの？」

「出汁巻き卵とか。千枚漬けとか」

「鴨が食べたい」

「鴨食べよう」

出汁巻き卵と、蕎麦がきと、鴨と、本日のおすすめの日本酒である伯楽星を一合。


「ところで小泉くんは彼女いるの？」

「いない」

「今まで付き合ったことは？」

「ないね」

「じゃあ、仲いい女子の友達っている？」

「……バイト先のおばちゃんかなぁ。もう四十過ぎてると思うけど」

「終わって飲みに行ったりするの？」

「サシはないね。旦那さんいるし。みんなで打ち上げとかはたまにある」

「私も今彼氏いないんだけどさ」

「ふーん」

「付き合ってみる気ない？」

「え？」

お酒が美味しぃのでうっかりコクってしまった。鴨に柚子胡椒をつけすぎて辛ぃ。

「いや、言ってみただけ」

「なんだそれ」

「でもさーなんかさー、幸せじゃない？　写真見てさー、蕎麦屋で鴨食ってさー、美味しいお酒飲んでさ。んでそれを話す相手がいて」

「それは自分もそう思う」

「私こういう時間を望んでた気がするんだよね。前の彼氏がさ、超俺様な人で。彼のバイト後迎えに行ったりとか、学部違うのに代返させられたりして。まぁそうやって尽くすのが嬉しくもあったんだけど。もちろんいいところもあったし。でも女友達と会うのも制限されて。女子学生会館から東中野の今の学生マンションに引っ越したら、うちに入れるようになったって週五でうちに泊まるし。泊まって一緒に学校行くのかと思ったら自分は寝てて私に代返させるし。結局、苦手な料理をがんばってつくったのに『おかずが少ない』って言われてキレて別れたんだけど」

「あははは。『おかずが少ない』ってひどいね」

「そう、ちょっと面白いからネタにしてる」

「でも自分も大学行ってないからなあ」

次の日本酒は仙禽。小泉くんは透明なお猪口を、私は分厚くて大きぃお猪口を選ぶ。蕎麦も頼んだ。小泉くんは山菜そば、私は鴨せぃろ。鴨はいくら食べても美味ぃ。


「小泉くんは、夜はバイトしてるとして、昼は大学行かずに何してるの？」

「本読んだり、映画見たり。あとは、だらだらしてる。あ、天気がいいと写真撮ったり」

「ねえねえ、今度私の写真撮らない？」

「自分はあんまり人撮らないんだけど」

「風景でいいって。風景の一部としてさ。ほら、私別にかわいくもスタイルよくもないから、景色のなかに入ってる人みたいな」

「うーん」

「それとも、ヌードにする？　あっはっはっは」

「いやいやいや、それは遠慮しとく」

「ヌードもさ、美しい人ばっかり撮ってってもしょうがないと思うんだよね。私みたいな変なスタイルの人間を記録しておく必要があると思う。まぁ小泉くんに撮ってほしいというのは冗談として。ちょっと本気だけど。待って、これってセクハラかな？　ごめん、忘れてくれ。そんなことより飲もう」

「ははは。うん、飲もう」

「こういうのは、嫌い？」

「少なくとも、自分のまわりにいなかったタイプだ」

「こういう珍妙な生き物と付き合ってみる気はない？」

「まぁちょっと待って」

「若旦那、飲んでくださいませ、ほらほら」

「佐藤さん、面白いね」

「うん、私は面白いよ」


蕎麦。やはり関東は蕎麦だなぁ。日本酒をもう一合。今度は貴というのにする。小泉くんは、笑っている。


「小泉くんはゴリ押しに弱いタイプでしょう」

「そもそもゴリ押されたことがあんまりないいね」

「こう、恋の駆け引きみたいなのあるじゃん。そういうのが効くタイプじゃないと思うんだよな」

「そんな経験はないけど、あったとしても気づかないかもね」

「でしょう！　そこで！　わたくし、ゴリ押しを選んだわけであります。もっとおしとやかにもできるんだよ？　しかしここは、相手に合わせて」

「自分、そんなにいいもんじゃないけどなあ。というか、佐藤さん、まだ会うの二回目だし」

「でも二回会って、二回ともいいなと思ったわけだから、一〇〇パーセントじゃん」

「三回目と四回目でダメだったら五〇パーセントだよ」

「次回も絶対いいって！　じゃあ次何するか決めようよ。小泉くんとならどこ行っても楽しい」

「ほんとかなあ」

「明日は何してるの？」

「明日はすぐすぎでしょ」

「今から夜を一緒に過ごす手もあるよ？　うちは片付けて来たよ？　くるりのライブＤＶＤもあるよ？」

「いやいやいやいや」

「でもさ、私のことだんだん好きになってきたでしょ？」

「佐藤さん、酔ってるでしょ？」

「酔うたらな、人間の素が出るだけやで」

「あはは、なんで大阪のおっさんみたいになってるの」

「私こう見えて神戸生まれやから。神戸って言っても西区やけど。で、そろそろ付き合ってくれる？」

「ははは、どうかなあ」

蕎麦を食べ終わったので、お会計をして、店を出た。少し歩いたところで、腕を摑んで引き寄せて、手をぎゅっと握った。手をつないで歩くのだ。

「こういうのは嫌？」

「嫌、ってわけじゃないけど」

「じゃあ、好き？」

「うーん、驚く」

「とりあえず私のうちまで歩く？」

「まあ、ちょっと歩くか」

「月がいい感じやんね」

「月はいいね」

「こういう状況で月が綺麗とかベタでごめん。狙ったわけじゃない」

「あはは」

「あのさ、今日はなんかごめん。すごい猪突猛進なかんじになってしまった」

「面白かったよ」

「でも、ちょっとはさ、好きになってくれたかな。私のこと」

「そうね」

「よし!!　小泉!!　その調子だ!!　君ならいける!!」

「あはは。そういうのは、面白くて好き」

「私、小泉くんのこと、好き」


つないだ手をぐっと引っ張って、ほっぺにキス。また驚いた小泉くんを、見つめてからめっちゃ笑ってみた。小泉くんも、ちょっと酔っ払ってるのか、爆笑している。小泉くんと、付き合えそうだ。教授、アドレス教えてくれてありがとうございました。いや、はじめは友達になるつもりだったんだよ？　手が滑った。いや、滑ったのは、心か。

高木くんは年下

高木くんは私より二歳年下の大学一年生。新入生歓迎会で、私は高木くんに一目惚れした。強引にデートに誘い、二回振られて、三回目で付き合ってもらえることになった。今は高木くんも、私のことちょっとは好きなんじゃないかな。


「高木くん〜」

「なんですか」

「セックスしたら腹へった」

「なんつー言い方」

「なんかこう、夏らしい食べ物つくってよ」

「かき氷機でも買ってきます？」

「腹にたまるもんがいいし、かき氷機買うお金はない」

「ゴーヤーチャンプルーつくりましょう」

「ゴーヤーって食えるの？　私食ったことない」

「この世に食えないゴーヤーはない」

「ゴーヤーうちじゃ育ててないよ」

「どうせゴーヤー以外の食糧もないでしょう」

「うん、いま蒟蒻畑のライチ味とツナ缶しかない」

「ゴーヤーと、豚こまと、木綿豆腐と、卵と、玉ねぎと、ほんだしが要ります」

「買いに行こう。チョコモナカジャンボも食べたい」


昨日の夜、高木くんのバイト後にうちに来てもらって、セックスをして一緒に寝た。今朝は二人で遅く起きて、またセックスをした。本当にいい夏休みだ。私たちは服を着て、家から十歩のスーパーで、ゴーヤーと、豚こまと、木綿豆腐と、卵と、玉ねぎと、ほんだしと、チョコモナカジャンボを買ってきた。


「せっかくだから作り方を教えます」

「せっかくだから作り方を習おう」

「まずゴーヤーを縦に切って中のワタを出します。はい、どうぞ。スプーン」

「このワタなんかに使えそう。ぬいぐるみの中に入れたり」

「腐ります。ワタのてんぷらという手もありますけど、今日は捨てる」

「残念」

「そしてゴーヤーを切る。五ミリくらい」

「ゴーヤーを切る眼差しが素敵です。季語はゴーヤー」

「塩で揉んで、水で洗って、しばらく水にさらします。これでだいぶ苦味がなくなるから」

「ゴーヤーを揉む眼差しが素敵です。こちらも、季語はゴーヤー」

「うるさいな。ぼく玉ねぎ切るんで、佐藤さんは豆腐をパックから出して。キッチンペーパーで水気をとる」

「うわ、豆腐押したら崩れた」

「どうせ崩すから大丈夫です。で、卵を割って溶きます」

「卵は一個でいいの？」

「二人分だから一個でいいです。ほんだしは濃いめに水で溶く」

「スティック半分くらいか」

「そうですね。じゃ、豚肉を炒めます。ちょっと塩をして。火が通ったらいったんお皿に」

「あら、もうできた。豚肉炒め」

「まだ終わってない。次にもう一度油をしいて、水を切ったゴーヤを入れます」

「キスしていい？」

「だめ。ゴーヤーを炒めて、火が通りはじめたら、玉ねぎを入れる」

「わたしナマの玉ねぎだめだからしっかりお願い」

「火が通ったら、さっきの豚と、豆腐を入れて、さっと混ぜる」

「お、それらしくなってきた」

「そこにほんだしをまわしかけて、塩胡椒」

「フライパン振る横顔がいいですね。季語はフライパン」

「フライパンは季語じゃありません。最後に溶き卵をかけて、卵に半分火が通ったら火を止める。はい。お皿ください」

「どうぞ、シェフ」

「できました」

高木くんと私によるゴーヤーチャンプルーができ上がった。私はずっと高木くんを見ていた。高木くんはかわいい。なんてったって、まだ十八歳だ。私はもう二十一歳。この差は大きい。


「美味い。さすが」

「人参入れてもいいですし、もっと苦いのがよかったら、水にさらさなくてもいい」

「実家でも料理してたの？」

「たまにですね」

「私全然してなかったなぁ。お好み焼き混ぜるくらいだった」

「今度、ワインゼリーつくりますか」

「高木くんまだ未成年じゃん」

「火を入れるから大丈夫です。赤玉買ってくるかな～」

「食べ終わったらまたセックスする？」

「もうしません」

「いいじゃん、夏休みだし」

こんな素晴らしい今日も、どうせ簡単に「大学時代の思い出」になってしまうんだろう。しかも高木くんはすぐ忘れちゃうだろう。あ〜、「高木くんとの夏休みのある一日」を、一生繰り返せたら最高なのに。今日の高木くんのこと、私一生好きだよ。

月の人

宏くんはカメラマンで、フィルムを家で現像する。

宏くんが暗室をやっているあいだ、わたしは宏くんのベッドの中に隠れている。

「おいで」

わたしは、宏くんに呼ばれて飛び出す。

「ホース持って、ずっと流しといて」

わたしは、水流し係。

「パグちゃんはいつまでパグなの」

宏くんは、わたしのことをパグちゃんと呼ぶ。

「わたしはなんでパグちゃんなの」

「顔がつぶれてるから」

たしかに顔は少し平たいし、鼻の穴は少し前を向いているけど。

つぶれてるってほどではないと思う。

「なんでパグちゃんと付き合うことにしたの」

「俺は鳥目だから」

宏くんと会った日、口論のまま布団に入って、朝が来た。

そのあいだ宏くんに、わたしの顔は見えていなかったのか。

「なんでパグなのに付き合い続けてるの」

「俺は鳥だから」

宏くんは、鳥ならはやぶさに似ている。

＊

宏くんは、お酒をたくさん飲んで帰ってくる。

写真のつきあいがあるらしい。

わたしは、朝の四時、宏くんを迎えに出る。

「おいで」

宏くんだ。

空がすこしあおじろい。

「パグちゃん、プレゼント。月の石だよ」

宏くんは、建築中のおうちのレンガを、勝手に取って来た。

「宏くん、だめだよ。返してこなくちゃ」

「パグちゃんは、俺のプレゼントを受け取れないのか」

「プレゼントの気持ちは嬉しいけど」

「もうパグちゃんには、プレゼントあげない」

宏くんは、アパートの二階から、レンガを落とした。

レンガはまっぷたつ。

「あぁあ。もう月の石は手に入らないよ」

「でもパグちゃんは、宏くんが帰って来てくれるだけでいいんだ」

宏くんが帰るまで布団の中で待つのは、いつもつらい。

帰って来てからも、いつもつらい。

「俺ももう帰ってこないよ」

「それはいやだ」

「俺は月に帰る」

宏くんは、月の人。

どうりで、宏くんはきれいだ。

＊

宏くんに写真を撮ってもらった。

わたしは、パグに似ていた。

＊

宏くんの実家に行った。

「おいで」

振り向いたら、宏くんが、犬を呼んだのだった。

「おいで」

また振り向いたら、宏くんのお父さんが、犬を呼んだのだった。

どうりで、わたしは、パグちゃんなのだ。

＊

宏くんには、彼女がいるらしい。
わたしのブログに、何者かが、何度にもわたって、そう書き込んだ。
きっと、そうなんだろうと思った。
それでもいいと思った。
わたしは、彼女じゃなくて、パグちゃんだから。

＊

宏くんの家で寝ているとき、女の人が来た。
野々村だと言って、宏くんは玄関で応対した。
わたしは、ベッドの中に隠れていた。
あとで、かわいい人？　と聞いた。
宏くんは、全然かわいくない、と言った。

＊

野々村さんの写真を、ネットで検索した。
チワワに似ていた。
宏くんはきっと、野々村さんが好きなのだろうと思った。
少し、安心した。
チワワちゃん、宏くんを、よろしく。

デパ地下の岡本くん

十月、デパ地下でバイトを始めた。

私が働いているのは、エスカレーターで地下に降りてすぐの店舗。

ドイツの総合食料品店の日本版ということで、ハム・ソーセージを中心に、量り売りのお惣菜があり、パンなども扱っている。

目の前はフレッシュフルーツとタルトのお店、逆側の奥にはパン屋さんと、このあたりには洋食系の店が集まっている。もう少し奥に行くと、生鮮食品、和惣菜などのゾーンだ。

三越の赤こそよけれ秋の風

それらの各店舗の間を巡回するのが、デパートの社員さんである。

コック風の制服を着た我々とは違い、白いスーツを着て、各店舗がだらけず販売しているか、万引きなどがないかを見廻る。何人かが日替わりで来るので、その日によって担当フロアを変えているようだった。

その社員さんのなかに、やたらとかわいい、岡本くんという男の子がいる。顔立ちが整っていて目が大きく、さらさらヘアなのだがたまに寝癖がついていて、背は一六五センチくらい、さながらアニメの主人公だ。店長に聞くと、彼はまだ入社一年目らしく、店舗スタッフからは舐められまくっているとのこと。

「まぁ、あいつはマスコットキャラみたいなもんやけんな」「暇なときはいじるとおもろいで」と店長がニヤニヤしていると、岡本くんが「何の話ですか」と近寄ってきたので、私たちは「仕事の話です」「守秘義務です」と言って爆笑した。

岡本くんは「ちゃんと仕事をしてくださいー」と言い残し、タイムセールのプラカードを取りに行った。

十八時からは各店舗で値引きが始まる。我々は店の前に立って声を出し、岡本くんはプラカードを持って練り歩く。岡本くんは歩くとき若干お尻が突き出していて、ペンギンみたいで面白い。私は腰を曲げて惣菜・ハム三点盛りを並べながら、ディスプレイショーケースの中から岡本くんを盗み見た。

量り売りはいつまで経っても苦手だったが、店舗の業務に慣れ、たまに岡本くんとも無駄話ができるようになった私は、一度くらい岡本くんと飲みに行きたいと思った。しかし、フロアでスマホを取り出すのは厳禁なので、ＬＩＮＥ交換は難しい。バックヤード地下二階の社食で会いたいと思っても、休憩時間が合わないらしく一度も会えた試しがない。ここはひとつ、最も古典的なやり方「アドレスと番号を手渡す」を遂行しようと決めた。逆ナンというやつだ。

岡本くんが地下フロアを巡回する木曜日の、タイムセール客が引いてから閉店準備までの時間。運良くうちの店の前を通ったので、岡本くんに声をかけた。

「焼き鳥好きですか」

「好きですよ」

「今度食べに行きません？」

「行きましょうか」

「じゃ、連絡先渡します」

そしてレジ横のメモ紙に連絡先を書いて渡した。この間わずか三十秒。まわりに客ナシ。

完璧である。たまたま店長が休みの日だったので、冷やかされずに済んだ。フルーツ屋の店長には見られていた気がするが、気にしないでおこう。私は何事もなかったかのように、閉店準備を始めた。

その日の夜、岡本くんからメールが来て、来週の水曜に焼き鳥屋に行くことが決まった。岡本くんも私も仕事がない日なので、夕方から飲める。私はこの時点で、岡本くんに対して完全に下心が発生し、店から近いラブホを検索するに至っていた。

冬の夕焼にはかに我を抱きたくなれ

短めのスカートにブーツという、ある意味戦闘服を身にまとった私は、しぶい焼き鳥屋のカウンター席に座った。いい日本酒もあるから、うまいこと勧めて、ほろ酔いになった岡本くんに、ちょっとひっついたりする作戦だ。大丈夫、やったことある。

五分遅れて来た私服の岡本くんは驚くほどオシャレで、デパートの白スーツは似合っていなかったんだな、と思った。この人の家は、きっと金持ちだと直感した。

しかし、岡本くん、ゲームをしながらの入店は、よくないのではないか。席についても、まだゲームをしている。

「何飲みます?」

「ジンジャーハイボール」

「すみませーん、生ビールとジンジャーハイボールをお願いします」

「何食べる?」

「適当に、盛り合わせとか」


〈春は曙そろそろ帰ってくれないか〉 櫂末知子

冬も夜そろそろパズドラをやめてくれないか

塩昆布キャベツを私が取り分けたところで、ようやくゲームの手を止めた岡本くんは、私には何の興味関心もないらしく、キャベツの一部分に大量にかかったごま油を均すため、デカいキャベツを揺らしている。

下心でカウンター席を予約したために、せっかくのイケメンすら拝むことすらできない。「昨日店長がさー」などと、どうにか話しかけようとするも「ふーん」で返される。パズドラが終わったと思ったら、美少女ゲームを始めた。

「ゲームが好きなの?」

「ってかゲームしかしないですね、ぶっちゃけ」

ぶっちゃけられなくてもわかる。それどういうゲームなの？　と聞いたら、いろいろ答えが返ってきたが、こちらはまったく興味がない。なかなか美味い焼き鳥も出てきたが、岡本くんは右手で焼き鳥を、左手で美少女を操作している。しかもこの人、ジンジャーハイボールしか飲まない。もう降参だ。

串にハツ冷ゆるおしぼりを握りしめ

それでもぽろぽろと話はして、どうにかお会計となり、完全割り勘で支払いを終えた。何かドキドキできることが起こるかもしれないと思って誘った、私の下心はズタズタである。疲れ切った私に、岡本くんはケロッとしたかわいい顔で「ゲーセン行く？」と聞いた。あれ？　この人は、私が嫌いでゲームをしていたわけではないのか。かんたんに嬉しくなった私は、じゃあちょっとだけ、と、ついて行った。二軒目、ゲーセン。

しかし、エアホッケーや太鼓の達人などを一緒にやろうというのではなく、格闘ゲーム。私は横で見ているだけ。せめて少しでも顔を見ようと、斜め前の位置に立った。相変わらず、顔は素晴らしい。

三十分程度岡本くんの顔を見続けて、スマホで顔写真を盗み撮り、じゃあ、と言って別れた。岡本くんは、まだゲームを続けるらしい。

私の短いスカートはなんだったのか。生足の太腿は冷えるのみであった。


幾千代も散るは美し明日は三越　　攝津幸彦

翌日の夕方、いつものようにバイトに入り、両替を終えて地下フロアに戻ったら、岡本くんがいた。

私が「どうも」と言うと、「どうも」とだけ返して、そっけなくペンギンのように歩いて行った。飲みに行ってゲーセンに行ったのは、なかったことになったかな、と思った。が、岡本くんは、閉店前にわざわざうちの店の前に来て、ソーセージを包んでいる私の前でもじもじしている。なんなのだろう。いつまで経ってもうちの店から離れないので、「仕事の休憩時間もゲームしてるの?」と聞くと、「してますね」と言って、笑った。

本当にかわいい顔だ。バイトに来たら岡本くんの顔が見られる、それだけでいいじゃないかと、自分の下心に言い聞かせた。

フルーツ屋の店長がニヤニヤしていた。

水野さんの青い車

なんでもてきぱきとこなす。仕事中、余計なことをなにひとつ口にしない。みんなから恐れられている隣の係の水野係長は、実は笑うとかわいかったり、酔っぱらうと面白かったりするので、個人的に慕っていた。とはいえ、ほとんど接点はないので、毎日のネクタイの色をチェックしたり、課長に物申しているのを盗み聞きしたり、要するに存在にキュンキュンしていた。

水野さんは五十手前くらいで、私からするとほとんどお父さんの年齢だった。そのくらいの年齢で、これくらい仕事ができるなら、もっと出世していてもいいはずだが、噂によると偉くなるのが嫌で昇級試験を受けたことがなく、勤続年数による自動的な昇進で、係長にまではなってしまったということらしい。

私は課のなかで三人の美人と仲良くなり、「美女会」というのを結成した。そのうちの一人であるのんちゃんは水野さんの直属の部下だったので、逐一水野さん情報を収集してもらい、美女会で共有した。

秋がはじまったころ、職場の飲み会の二次会をこっそり一人ずつ抜けて別の店に集合したのがバレて、偉い人を怒らせてしまい、水野さんや私たち美女会のメンバーが謝らなければならなくなった。バーも閉まる深夜二時、とにかく謝って、しょんぼりした気持ちでそれぞれの帰路についた。私は水野さんと同じ方向に歩き出し、おもむろに腕を組んで、そのままホテルに行った。なぜそんなにうまくいったのかはわからない。

朝方、「水野さんは彼女いないんですか」と聞くと、笑いながら「僕は素人童貞やから」と言った。たぶん笑わせようとしたのだと思うが、本当の可能性も否定できないのでうまく笑えなかった。私には遠距離恋愛の彼氏がいて、でもその人にはたぶん彼女がいるんです、などと話した。

初めての休日デートの日、水野さんは、胸に大きくブルドッグが描いてあるセーターを着てきた。そうか、いつもスーツだからわからなかったけれど、私服はこれか！　いかにもうちのお父さん世代が大学時代に着ていそうな服だ。車も古かった。白と黄土色だっただろうか。「一九八〇年代　車」で検索したら、似たようなのがたくさん出てきたので、だいたい二十五年前くらいの車だろう。通勤に使わない、妻も彼女もいない、だから車は綺麗なのだが、古い。それを、やはり本人も、気にしていたようだ。話は、なかなか盛り上がらなかった。共通の話題は職場のことしかない上、水野さんは、とくに趣味もないようだった。

　セックスをしたあとで、「昔は彼女いたんやないんですか。昔のこと、聞かせてよ」と言うと、「本当はその人と結婚できればよかったんやけどね」とだけこたえてくれた。好きだったんだなと思った。この人は、二十年以上、希望を失ったまま生きているのだろうと思った。なんというか私は、そんな水野さんに、生きていれば楽しいこともあるよ、と教えてあげたかったのかもしれない。水野さんのことを、大事にしたいなと思った。

　それからしばらくして、水野さんは車を買い替えた。フットサル大会の帰り、真っ青な新車で迎えに来てくれたのだ。とても嬉しそうだった。明らかに、私とのデートのために、車を買ってくれた。そのままどこかドライブにでも行ければよかったのだが、私は試合で捻挫をしていてそれどころではなく、家の近所まで送ってもらうだけに終わった。

　私は東京に帰ることになり、十二月で仕事を辞める届けを出した。二人で年休をとって仕事を休んだクリスマス、水野さんはホテルで、「僕も辞めて東京行くわ」と言った。

　仕事を辞めてから、何度か水野さんにメールを送ってみたが、返事は一度も返ってこなかった。五年後、水野さんが仕事を辞めたという噂を聞いた。

女の子

あんなに生意気だったのに、こんなにしょんぼりしている。
お腹をすかせて寒そうに、泣きながら、
女の子は、僕の腕を離さなかった。

僕は、牛乳を温めて、オートミールを煮た。
僕は、冬瓜を切って、鶏と煮た。
僕は、ワラサという魚を焼いた。
そしてそれらを、女の子に与えた。
あたたかい食べ物は、おいしいらしかった。

女の子の中には、もうひとり女の子がいるという。

中の子は、世界に対して怒っているらしい。
中の子が怒ると、女の子は泣いてしまうという。
中の子はすぐ怒り、女の子はよく泣いた。
僕はいつでも、ふたりそれぞれをなぐさめた。

女の子は、ものすごく泣くこともあった。
あるとき、ものすごく泣いたあと、言った。
台風のあとは、世界がかがやいて見えるんだよ。
あたしはそういう村の住民なんだ。
女の子はものすごく目を腫らして、すこし笑っていた。
僕は、すこし泣いた。

女の子は、ものいりだった。
僕の家から、スリッパと暖房器具を持って帰った。
カラフルなワンピースと、眼鏡を買ってあげた。
南極の生き物たちが描かれたセーターも買ってあげた。

僕は、なにもいらなかった。

女の子と海辺の町に行った。
回転寿司を食べて、漁港をめぐり、猫を見た。
女の子はスキップした。
僕は、女の子のスキップを見ていた。
この世界には、僕と女の子しかいない気がした。
そして僕らは、俳句を書いた。

そして僕らは、それからも、俳句を書いた。

ヒロくんへ　アイより

造形・絵画クラブの男子で「かわいいじゃん」って思えるヤツとはもうだいたい付き合っちゃったから、今付き合っているのは顧問の中川先生で、中川先生はもうおじいちゃんだけど超かわいいので、アイはつくづくかわいい男子が好きだなって思う。クラブの女子はみんなそれ知ってて、だからアイに「アイちゃん、ヒロくんだけには手を出さないで」って言う、そのヒロくんってのが、後輩なんだけど、実のところアイの一番のお気に入りで、まぁだから大事にしてるみたいなとこはあるんだよね。ヒロくんはめっちゃデカい声で笑うのがかわいくて、みんなの人気者だけど、ヒロくんは女子よりたぶん絵を描く方が好きだから、アイとはきっと付き合ってくれないだろうと思ったし、アイ以外の子と付き合う可能性とかも低いと思った。

前に一回だけ、放課後に、ヒロくんとふたりきりだったことがあって、アイはちょうど彼氏と別れて淋しかったときだったから、思わずヒロくんに「付き合って」って言っちゃったのね。けど「それは、やめておきましょう」って言われたから、アイは「じゃあ今だけ、今だけだからギュってしていい？」って言った気がする。ヒロくんは、アイが辛いってわかったみたいで、「いいですよ」って言ってくれたから、ちょっとだけ、抱きしめた。アイはでも、あっなんか悪いことした、って思って、あとにもさきにも、ヒロくんに触れたのはそのときだけ。って今、白状しとこ。

そのあと、これも放課後に、中川先生とヒロくんとアイの三人だったとき。なんと中川先生がヒロくんに、「僕ら付き合ってるんだ」って言って。好きな人のこと誰にでも言っちゃうアイですら一応みんなには黙ってたのに、あのときはびっくりしたよね。ヒロくんもびっくりはしてたけど、だからどうということもなかったな。アイはヒロくんのそういうとこが好きなんだよね。ほら、捕まえれないとがんばるみたいなのあるじゃん。アイは根が狩猟民族だからさ。

そうそう、ヒロくんは外でスケッチする人で、それに目をつけたアイはサンドイッチとか買って「スケッチしよ」ってヒロくんを誘うことにしたわけ。ヒロくんはいつも「いいですね」って言って来てくれる。アイにとってはデートだけど、ヒロくんにとってはスケッチで、アイとしてはそれでいいかなと思う。けどアイ以外の女子がヒロくんとスケッチ行ったとか聞くと結構嫉妬してる。男子と行ったって聞いても嫉妬してるかも。

冬にヒロくんとふたりでスケッチ行ったとき、パン食べてたらデブい鳩が来て、図々しいと思いつつパンをやったら鳩が六羽くらいになっててウケた。ヒロくんもアイが買ったげたパンを鳩に投げて爆笑してた。足に輪っかつけてる鳩が一羽だけいた。どっから来たのかねアヤツは。

アイはさ、ヒロくんの絵が超好きなんだよね。まぁクラブのみんなもヒロくんの絵が好きだけど、なんてったってヒロくんはアイのイチオシだから。だってスケッチって言って外で描くくせに、見てる景色と全然違う絵になってるし、ってかマッキーとかで描いてるしね。でもただ空想とかデタラメってかんじじゃなくて、なんとなくその日の雰囲気が出てるっていうか、描いてるそばからちょっと懐かしいっぽいのがいいんだよな。もちろんアイも描いてるよ？　アイもこれでいて当意即妙なとこあるし。でもヒロくんとスケッチ行くときは、自分がなに描くかよりも、ヒロくんがなに描くかを楽しみにしてるかな。中川先生もヒロくんのことは大好きで、だからヒロくんが何描いたかとか、逐一先生に報告してる。アイは中川先生とヒロくんが好き、中川先生はアイとヒロくんが好き、ヒロくんは絵を描くのが好き。これも三角関係の一種かね。

アイはもう卒業で、だからヒロくんとは付き合いそびれたなーって思ってたけど、昨日卒業式の練習のあと、ノリでヒロくんに「うちら仲いいから付き合ってたも同然よね？」って言ったら、「悪い気はしませんよ」って笑ってて、アイは「よっしゃ」と思った。みんなに言いふらそうかと思ったけど、そうすると誰かと二股してたってことになるんだよね、ほら、アイは彼氏途切れない派だし。でもあれか、アイの元カレひとりずっとヒロくんとで、ずっと二股ってことでいっか。そうする。

ピアットにパクさん

「八卓ガパオ大盛りでーす！　パク抜きで！」

「アイちゃん、六卓そろそろアフター？」

「はい！　カワちゃん、六はアイスコーヒーふたつです！」

「すみませーん、お会計お願いします」

「少々お待ちくださいませー！」

「これ、一卓のパスタ、バジルの方大盛りね」

「二卓シルバー出てへんよ」

「はい！　すみません！」


代々木上原のお洒落カフェ「ピアット」でバイトしている。バイトに入るのは十時から十六時。店は十一時オープンで、十二時から十四時は、ほぼ満席。それ以降も、ぽつぽつお客さんは来る。十五時半ラストオーダーの十六時までランチをやっているのはうちの店くらいだからだ。冒頭、「パク抜き」とは「パクチー抜き」のことである。

ランチ時間帯のスタッフは、キッチン二人とホール二人。キッチンは優しくて粘っこい真田さんと、そっけないイケメンのジョニーさん、ホールは関西弁のカワちゃんとわたし。「アイちゃんは一度にいろいろ頼むとワチャワチャするから」とにやにやしながらも助けてくれる真田さんや、「それそっちちゃうで、二卓が先」とバンバン指摘してくれるカワちゃんのおかげで、どうにかやっている。わたしは声がでかいくらいしか取り柄がない。暇な時間ができるとエッチな話ばかりするので、性欲ちゃんという異名もあるが、それは取り柄ではない。

十四時半くらいになるとマカナイがもらえる。マカナイはだいたい日替わりのパスタ二種類のどちらかで、必ず美味しい。わたしは、ジョニーさんのたまの笑顔と真田さんのマカナイを楽しみにバイトに来ていると言っても過言ではない。三十分でご飯を食べて、バックヤードで煙草を吸い、あとは片付けをしながら夕方から夜までのスタッフに引き継ぐ。

そんなうちの店に、あるときから常連になったおじさんがいる。週に一度、わたしがマカナイを食べている十四時台後半に来てランチを食べ、食べ終えるとなんらかの文庫本を読みながら、手帳になにか書き付けたりして、十六時前に帰る。定年退職した人にしては若そうに見えるし、仕事をしている人だとすると一時間以上ランチの時間を取れるというのは経営者だろうか。でもいつもポロシャツにジーパンのような格好で、このあたりの社長さんという感じはまったくしない。「ワチャワチャのアイちゃん」であるところのわたしにとっては、人が少なくなってから来てくれるいいお客さんだった。

わたしたちは、何回かお店に来てもらえれば、そのお客さんの顔や注文を把握することができる。ただ、その人の名前はわからないことが多いから、たとえば必ず水曜日に来る会社員の男性四人組を「四銃士」と名付け（四銃士は全員、二種類のパスタのどちらかを選ぶ）、キッチンのふたりは「今日は四銃士来そうだな」などと言い合ったりしている。

わたしが好きな文庫本のおじさんは、いつもガパオライスのパク大（パクチー大盛り。＋百円）を頼むので、スタッフ間では「パクさん」と呼ばれるようになった。パクさんは、基本的に金曜日に来る。わたしがバイトに入るのは月・水・金なので、パクさんが来ると、一週間のバイトが終わってほっとした気分になる。それを他のスタッフに言ったら、「パクさんと一緒にマカナイ食べればいいじゃん」と真田さんがにやにやした。そう言われると、少し意識してしまう。けっこうおじさんだけどガタイがいいわりに優しそうだし、清潔感があるのもポイント高い。

実はパクさんの「なんらかの文庫本を読みながら、手帳になにか書き付けたりして」というのが、気になっていた。もしかして、この人、俳句をつくっているんじゃないか、と。ブックカバーのかかった文庫本は、歳時記なんじゃないか、と。俳句の話、できたらいいな。あと、ピアットで句会とか。バイト終わりに会えたりしないだろうか。

そんなことを考えていたら、俳句を書いているというのはアタリだと、今日わかった。パクさんが、いつもの猿のブックカバーのかかっていない、秋の歳時記を見ていたからだ。立秋を過ぎて初めての金曜日。この歳時記、今年は季節ごとに新版が刊行されているので、買ってすぐなのだろう。すぐさま話しかけたい衝動に駆られたが、まずはマカナイ、そして皿洗いだ。今日は晴れていたからお客さんが多くて、忙しかった。

十六時ギリギリまでかかって、夜番のねぇさんへの引き継ぎが終わった。パクさんはまだいた。わたしはエプロンを外しながら、パクさんにおもむろに話しかけた。

「俳句、書いてらっしゃるんですか」

「そうですけど」と、パクさんはちょっと驚いている。

「実は私も、俳句書いてて」

「おお、お若いのに」

「はい、高校時代俳句甲子園にも出てました」

「今年、俳句甲子園見に行きましたよ、句友と一緒に」

「どちらか結社[※1]入ってらっしゃるんですか」

「僕は、『操（みさお）』に入ってます」


「操」かぁ……。有季定型[※2]厳守のところだ。大学の先生もしているその結社の主宰に、

「アイさんもちゃんと季語入れてつくらなきゃダメよ～。講義で取り上げたいんだから」

と言われて、ムカついたことがある。なんだよ、「ちゃんと」って。俳句のセンセーはそうやって俳句の可能性を狭めるから嫌いだ。って、パクさんとは関係ないか。でもさ、パクさんと仲良くなれるかなとか思ったのにさ。一緒に吟行[※3]とかしたかったのにさ。信じてるものが違うとなぁ。

「アイちゃんさんはどこか所属してるんですか？」

「え、えっと、一応同人誌とかに。あ、でも全然そんな、アレじゃないんで」


全然そんなアレじゃないんで、ってなんだよ。会話はそこまでにして、バックヤードに入り、煙草を吸った。そういえば先日も吉祥寺のスタバで、隣に座ったおじいさんが「W

ＥＰ俳句通信」読んでたから話しかけようとしたら、店員さんに見つからないように持参した蜜柑を食べてて、あきれたことがあったんだった。はー。俳句で出会いなんか求めちゃいけねーな。

※1 結社………主宰を先生とした俳句のグループ。定期的に雑誌を刊行し、会員は主宰の選を受ける。
※2 有季定型…季語を入れ、五七五の型を守った俳句のかたち。
※3 吟行………どこかに出かけて俳句をつくること。

ミツルくんと芭蕉

約束よりも十分以上前に白山駅前についてしまい、出口近くでぶらぶらしていたら、ミツルくんも早めに到着した。ミツルくんは、最近句会に来てくれるようになった男の子だ。句会とは、無記名で俳句を提出し、好きな作品を選んで評を述べる、合評会のようなゲームのようなもので、現在私は三つの句会を主催している。

ミツルくんはメガネで痩せていて、礼儀正しく、思ったことをすぐには口に出さないタイプ。驚くべきことに、高校の後輩にあたる。さらに驚くべきことに、うちの妹と同級生なのだった。

近くの和食屋さんに入り、すきやきランチを食べることにした。サラリーマンの一人客の人と相席だったので気まずく、何を話すべきか迷って、「うちの妹、大学ではアカペラサークルに入ってて」と話を始めた。「ＯＢの先輩たちに誘われたみたいで。そのうちの一人と結婚したんだよね、最近」。

同級生と言っても知り合いではなかったらしいから、妹の話をしたところで「そうなんですね」くらいの返事しかしようもないことにも頷けて、「いやぁ、わたしも音楽好きなんだけどね。ピアノは習ってたけど全然ダメ」と、さらにどうでもいい話をつなぐ。「あ、ひとつだけ人よりできる楽器ある。歯笛が吹けるんですよ、わたくし」。

すきやきを食べ終えたところで、歯笛を吹いて見せた。「すごいですね」と言われたけれども、そりゃ急に目の前の人が歯笛を吹きはじめたらすごいと言うほかはなかろう。あとから歯に食べかすが挟まっていなかったか不安になり、トイレで確認した。

店を出た。初夏の気温だ。だらだらと坂をのぼって下り、小石川植物園に到着した。

入り口すぐのところに芭蕉がある。南国風の巨大な植物。

「これはなんだろう」と、ミツルくん。

「バショウ。松尾芭蕉の、バショウ。ほら、バナナも、バショウの仲間」

「芭蕉って、こんな植物をペンネームにしたんですね」

「たしかに、俳号にするにはデカい植物だ」

平日の小石川植物園は人が少ない。池に緑が映って、印象派の絵みたいに綺麗だったので、写真を撮った。印象派の絵みたいに綺麗って、なんか倒錯してるけど。

ミツルくんと、手をつないだりするかな、とか思っていたが、別にそんな雰囲気ではないので、ふつうに自然を楽しむことにした。鳥の声が二種類くらい聞こえるが、なにかはわからない。

洋館が見えてきた。入り口でもらった地図によると、東京大学総合研究博物館小石川分館、らしい。今日は吟行という名目で誘ったけれど、写真を撮ったり植物を調べたりしていると、俳句にできそうな言葉をメモできるかんじではなかった。

「このあたりからのぼって、針葉樹林の方へ行こう」と、私が指差す。

この植物園は傾斜になっていて、ここから少し上り坂だ。

「そういえば」と、ミツルくん。

「妹さん、調理部って言ってましたよね。僕、ソフトテニス部だったんですけど、雨のときは家庭科室の前で筋トレしてました」

「それは、絶対すれ違ってるね」

妹の結婚式の写真を見せてみる。「あ、見たことあるかも」とミツルくんは言ってくれたけど、妹もけっこう変わったからなぁ。

「ここは桜だな。私、お花見で来たことある」

私たちはベンチに座った。桜の葉を見上げると、黒い実がたくさんついている。

「これは、季語的には『さくらんぼ』ではなく「桜の実」。初夏の季語です」

ちょっと先生っぽく、言ってみた。ミツルくんと初めて会ったのは去年の文学フリマのとき。私のブースに同人誌を買いに来てくれた。かわいい男の子だ、と思って、名前を聞いたら、添削講座に作品を出してくれたことがあったという。そういえば、はじめのころに若い男の子から、トガった作品が来たことがあった。

あたりの芝生には、いつの間にか知らない鳥がたくさんいた。土をほじくって餌を探している。ミツルくんはノートを取り出して、何か書き留めている。少し汗ばんできていたけれど、座ると風が気持ちいい。

ミツルくんがまた、「そういえば」と切り出した。句会のときは指名しないと話さないけれど、今日は気を利かせて、話してくれているみたい。

「実は僕、アイさんの出版記念イベントも、けっこう行ってます。紀伊國屋書店でやったやつとか」

「あー！　あの、けっこう大変なトークになっちゃったやつ。来てたのか。年末のも、来てくれてたよね？　あれは文フリ以後だったから、名前でわかった」

「そうですね」

「もしや君、世界に十五人しかいないと言われるわたしのファンのうちの一人？　ちなみに十五人のうちの二人はうちの両親だけど」

「ははは」

「でも、私こうやってすぐ友達になっちゃうんだよね。だから友達は増えるけど、ファンが増えない」

「それは、いいんじゃないですか。僕は、アイさんと仲良くなれてよかったです」

告白か、と思ったが、違う、違うぞ。気を確かに。妹の同級生だ。

妹とは一度しか喧嘩したことがない。たった一度の喧嘩の理由は、「私の男性関係があり得ない」だった。ミクシィのメッセージでお叱りのメールが来たのだ。この期に及んでふたたび妹に嫌われたくはない。

「そろそろ行こう」

太陽はゆるやかに西に向かっていた。少しのあいだ、二人でまた芭蕉を眺めてから、植物園を出た。

蛸壺やはかなき夢を夏の月　　芭蕉

あなた

こんばんは

こんばんは

２軒目に行かず、
歩いて帰り中

最近はあんまり飲まないで、
えらいでしょう

うん、えらい

あのころは、
飲めてた、のかも

びっくりした！！！！

ねこが今！！

うちのマンションから
出て行った

ふふふ

この前はさとるくんが

かえる見たって
言ってたし

いるんだね

がまがえる

あなたの住んでる家を
わたしは知らない

ことが新しい

ふふふ

あなたの知らない家に帰宅

暑いね

暑い

あなたが両腕をうえにあげて
すーすー寝てる姿を思い出す

なつかしい

さいきんは腕あげずに
寝てるよ

あ、あげてないんだ、腕

それも知らないんだな

そうだよ

さとるくん大きいから

しんぐるべっどに
ふたりは不可能

あなたのときみたいに

そしたらね

おやすみ

おやすみ

光太郎

月に一度、初心者向けの句会をやっていた。もともとの友達に加え、ツイッターや知り合いのつてで、二十代三十代を中心に毎回十人程度は集まった。原宿駅の近くのレンタルスペースに飲食物を持ち寄り、にぎやかに俳句について話していた。

二〇一三年、だから私が二十八歳のとき、自分より五歳くらい下の男子が四人、句会に来るようになった。素晴らしいことに、四人ともかなりいいかんじ。それぞれ文学やカルチャーに興味があって、「俳句もちょっと面白そう」という軽い気持ちのヤツらで、こういう人たちにこそ私の句会に来てほしかったのである。心密かに、「こいつらをこの句会から手離したくない」と思った。いいかんじであるが手を出すなどは言語道断なので、私はそれぞれに理由をつけて「恋愛対象ではない」という暗示をかけようとした。

一人目はテルテルといい、細身で色白のメガネ。ルックスは四人のうち最もタイプだったが、出欠メールや投句メールがだらしないので、これは付き合ったら私が怒りまくるだろうと想像し、「恋愛対象ではない」とした。

　二人目は生レバー春馬。なぜ生レバーかといえば、彼が俳号をつけてくれと言ってきた日、たまたま生レバーのある居酒屋で飲んでいたからというだけだったが、そのヒドい俳号で笑いがとれるイケメンだった。しかし多少色黒であったこと、ソツがなくて多くの女子からもてそうであることから、「恋愛対象ではない」とした。

　あとの二人は光太郎とソーゴ。二人は中学・高校の同級生だったらしい。公開句会イベント「東京マッハ」で俳句に触れた男子たちだ。ソーゴは自分が働いているイベントスペースに東京マッハを呼び、そこにたまたま私がゲストで出演した。飲み会のときに、スタッフをやっていたソーゴを句会に誘った。ソーゴと一緒に来たのが光太郎だった。

　ソーゴは竹柄のシャツを着て来るなど非常にオシャレでパリピ感があり、私などには引っかかりそうもなかったので「恋愛対象ではない」とした。光太郎は、顔は悪くないが少しぽっちゃりしていた。私は自分より体重が軽いくらいの人がタイプだったし、句会のときの選評が長いわりに全然的を射ないので「恋愛対象ではない」とした。

　彼らとある程度仲良くなったころ、私は「引っ越しをするからいらない本をもらいに来てほしい」と、光太郎&ソーゴを家に呼んだ。二人とも呼んだので安全だと思った。夕方二人はうちに来て、私が読まない本を好きなだけもらってもらった。私がつくった適当な飯を食べさせ、もうちょっと酒でも買ってきて飲もうか、と提案したところ、ソーゴが「深夜バイトがあるんでそろそろ帰ります」と言う。光太郎もそこで帰ると思った。が。光太郎は家を出て行くソーゴを、あたかもうちの住人であるかのように見送っているではないか。もう二十一時だ。これは危険である。

いやしかし、光太郎は「恋愛対象ではない」のだから大丈夫だ。好きな音楽をYouTubeで流して聴かせ合ったりしてだらだらしゃべっているうちに、二十三時を過ぎた。

「終電は？」

「あー、もうないですね」

「おいおい。じゃあ泊まってくのか君は」

「いいですか」

「この時間に外に放り出すわけにもいかんだろ」

なんと。泊まるらしいぞ。わしゃ誘ってないぞ。しかし、何度も言うが大丈夫だ、うちにはベッド以外に布団の用意がある。ベッドの横に布団を敷いてやり、インドTシャツとジャージを貸した。私もメイクを落とし、寝る準備をした。

そこからは、防衛本能が働いて、言わんでいいのに元カレの思い出話をどんどん繰り出した。光太郎も負けずに元カノの話をした。どうやら最近まで付き合っていた女の子に未練たらたらのようだ。わしゃそんなヤツに興味はないぞ。そのうちに、元カレ・元カノのエッチな話合戦になった。うっ……これはよくない。よくないぞ。よくないけど……。

「こっち来ますか」

ついに言わせてしまった。そしてそういうことになってしまった。

しかし、「恋愛対象ではない」のである。第一、抱きしめたところで私の好きな細さではない。違うんだ、違うんだ、と思いながら始発の時間になり、光太郎には帰ってもらった。

そののち、同じようなことがもう一度あって、いや、やっぱり違うから、君のことはそういう目では見られない、友達でいよう、と言った。光太郎の方も、単なる好奇心であるらしかったので、とくに関係が悪くなったりはせず、代わりに一緒にダイエットすることにした。光太郎は句会でひっきりなしにお菓子を食べていたので、まずはそれをやめさせ、夕飯の炭水化物を減らすことを勧めた。光太郎は徐々に痩せ始めた。ダイエットが面白くなったようだった。

半年後、八キロ痩せた光太郎とカラオケに行ったら、顔はタイプだわ歌はうまいわで、まじで最高だった。句会の男子だからとか、選評が長いとか、どうでもよくなった。

ラブホで羊羹

今度ラブホで羊羹たべよう

と言ったのは君がラブホに一度しか行ったことがなく純粋にラブホに行きたいというのを知っていたのと、そのときの夜空が羊羹のようななめらかさだったのでそれを言ったらういろうより断然羊羹が好きだと君は言った、ところから

ある人にそれを言ったら、ラブホで羊羹食べようはいいね、それはお祈りだね。と言われた

君のことが好きなのか君とセックスしたいのか君のことが好きでセックスしたいのかわからない、でも今わたしとセックスしたらきっと楽しいからもう一回やってみないかと聞

いた、今までどおりの関係にセックスだけプラスすることができないかとも聞いた、いつも食べてる焼肉定食に生卵をプラスする日があったりなかったりする、みたいな

台風が去ったのかわからない風のなか山手通りを歩いてウイグル料理を食べにでかけたら外はどしゃぶり、店内でふつうにやさしい男の人と肉の串をむさぼりながらわたしは前と同じ話をしていたらしいことに前回渡したメモで気付く、すみませんもう途中からはもう、何時に店を出るかということしか考えていなかったです、というのも一旦帰宅して終電くらいで来るはずの君がなぜ渋谷にもういるのか、はやく会いたいじゃないかこのやろう

黒いちご茶はかっこいいポットにハートがたくさん描かれて台無しで、その無駄なハートみたいなわたしでありたいなどと願いつつバスに乗りバスを降り帰宅して掃除をするでもなく君は来るので迎えに出てふたり家に帰る、そのさまはこう見えてまだ、いやこれからもか、友だち以外のなにものでもないわけだが

すでにネクタイをとってある君のワイシャツ姿にネクタイを想像する、帰省する予定のバスがとれなくて何の用意も持ってきてない君をだめなやつだと思ってにやにやした、

シャワーを浴びたのに一応ブラをして出てきた、何をそんな今さら、でも

前に君に抱かれたときはうまくいかなくてそれは君がもっと本気で抱きたがるかわたしがもっとかんたんに乗り気になるかしなきゃいけなかったんだがどちらも性格上むりでなのにやってしまいだからしなければよかったかというと必ずしもそうではなくて今君を抱きたいわたしは明らかにそのときに少しでも君に好かれたという記憶でもって成り立っているのだからきっとこれはすごく君を好きになってとてもいいセックスをわたしが求めてするのがいいのだと思ったのです、

顔が好きならなんでもできるって年下の男友だちが言ってた、君の顔が、いや君がとても好きになってる気がする、好きになってるのも気がするのもじぶんなのたちが悪い、じぶんは信じられない

とても、だけ残るから、

とても、だよ

エッチな話は

休みの日が重なるといつだって、デートしようよ何したい？　とあやさんは言うけれど、ぼくの提案はかならず却下される。ぼくは映画館か本屋さんに行きたい、それか家でDVDを見るとか、ふたりで別々に読書することを希望する。ぼくは本と映画が好きなのだ。とくに、金井美恵子が好きだ。

あやさんはといえば、はっきり言って、映画と本がきらいだ。テレビドラマや雑誌もいやがる。「紅の豚」以外にもいい映画はある、見にいこうよと言っても、窓があってしゃべれるところがいい、長い時間座ってると死ぬ、などと言う。

で、じゃああやさんは何がしたいんですか、と聞くと、公園で二重跳びしながらエッチな話がしたい、鴨も見たい、逆上がりもする、そのあとビールを飲む、と言う。

あやさんが好きなのは、スポーツとお酒とご飯、歩く鳥、それとエッチなことだ。あやさんは毎日寝る前に、なんかエッチな話して、と言う。でも、毎日エッチな話が湧き上がるほどぼくはエッチじゃないし、あやさんと公園に行っても、ぼくは二重跳びも逆上がりもできない。

しょうがないので、雨の午後に、ぼくは絲山秋子の『ばかもの』を音読する。なかなかいいじゃんそれ、エロいし、とあやさんはぼくから本をとりあげて読み始める。あっというまに読み終わり、わたし明日髪ぜんぶ白髪になって君のことヒデって呼ぶから、と言う。

ぼくはあやさんと付き合い出してから、読書量も見る映画も大幅に減ってしまって、それだけがぼくのとりえだったから途方に暮れている、あやさんはぼくの授業の時間割をすべて把握していて、頼んでもいないモーニングコールをかけてくるし、休み時間になった途端メッセージを送ってくる、常に監視されている気分だ。でも公園で鴨を見たりワインを飲んだりしてばかみたいに楽しそうなあやさんは、大きな子供みたいでちょっとおもしろい、ぼくも最近はあやさんの前でだけはその場で適当につくった歌を歌ったり自慢のしろくまダンスを踊ったりしている、そんなことは今まで付き合った女の子の前ではできなかった。

けど、そんなことを言うとじゃあ結婚しようと言われるに決まっている、ぼくはとくに誰とも結婚したいと思っていないし第一まだ働いていないからその話は面倒だ、だから嬉しそうにはするけれど一緒にいて楽しいとかは極力言わないようにしている。

ぢんわさん

「ぢんぢん。ぢんわさんですか」

「ぢんぢん。ぢんわさんのぢんぢんコールですよ。今夜はどういたしましたか」

「ぢんわさん、悲しくなったのでぢんわしました」

「悲しみですか」

「悲しみです。ぢんわさんは悲しいときは何をしてるんですか」

「ぢんわさん悲しみの折には、よい言葉を探す旅に出ます」

「よい言葉とはどんなものですか」

「たとえば、【一寸の虫にも昆布のおだし】です」

「なるほど、〈五分の魂〉が〈こぶのおだし〉に変わったわけですね。最近は昆虫食も高まりを見せていますし、その味わいについてあたかも昆布の旨みが感じられるというのは、奥深いことであります」

「ぢんわさんの実家は昆布のおだしです」

「それは聞いていません。ほかにもありますか」

【ににんがし、ミサンガキュッ】」

「なるほど、にさんがろく、といくところを、ミサンガに置き換え、ミサンガは数字だとミが3、サンも3ですから、こたえはキュの9というわけですね。ミサンガをキュッと縛るというのもバシッと決まって、非常に高度です。なんだか元気が出てきました」

「サザンが四六時中も24、というのもあります」

「3×3かと思いきや4×6で24ですか。サザンオールスターズ『真夏の果実』ですね」

「あなたも言葉を探してみてはいかがですか」

「そう言われても、ぢんわさんのようには思いつきません」

「かんたんなことです。歌えばいいのです」

「なるほど。何を歌いましょうか」

【あお~げば~とお~とし~わが~しの~あん~】」

「なんと！〈我が師の恩〉が〈和菓子の餡〉に変化することで、餡子を仰ぎ尊く思う心が導き出されました」

「ぢんわさんはこしあん派です」

「そうですか。しかしぢんわさん、これはGoogle検索でヒットしてしまいました、同案があります」

「そういうこともあります」

「ほかにもありますか」

「こういうのがあります。【俺が肩たたきのケンだ！】」

「なるほど、この人はケン君であり、【肩たたき券】自体であるわけですね。毎年の父の日、母の日に言いたくなるセリフです」

「ぢんわさんの本名はケンなのです」

「初耳です。漢字で書くとどんな字ですか？」

「犬です」

「ぢんわさんの嘘つき。そんなわけないじゃん」

「名字は犬養です。よって本名は犬養犬です。山本山みたいでかっこいいでしょう」

「ぢんわさん面白くなくなった」

「そろそろ顔面をガンガンする時間ですよ」

「洗顔はもう終わりました」

「まみまみは」

「歯磨きも終わりました」

「その他のジュルネンビは」

「パジャマに着替えて薬も飲みました。寝る準備は万端です。その上での悲しみです」

「その悲しみは根深いですね」

「ねぇぢんわさん。えっちな話して」

「ぢんわさんはえっちな話担当大臣ではありません」

「ぢんわさんとえっちなことしたい」

「ぢんわさんは形而上の存在です」

「ぢんわさん、明日は会えますか？　授業は何限で終わりますか？」

「四限までです」

「じゃあ明日仕事ないから大学に迎えに行く。ぢんわさん、明日はちゃんと大学行かないとだよ」

「迎えに来るのはやめなさい。明日のことはわかりません」

「じゃあいつ会えるの。わたしは一昨日からずっとぢんわさんに会いたいんだよ？」

「丹後への道は遠いのです」

「意味がわからない」

「【大江山いく野の道の遠ければまだふみもみず天の橋立】小式部内侍」

「まだ手紙を読んでないのとまだ足を踏み入れてないのに加えて、あやかの「あや」は「文」だからわたしに会わないのを掛詞にしたつもりでしょうがこっちは遠くてもぢんわさんに会いたいの！」

「では、ごきげんよう。よい眠りを」

「ぢんわさんもちゃんと洗濯してまみまみしてジュルネンビしてはやく寝るんだよ」

「以上、ぢんわさんのぢんぢんコールでした。ぢんぢん」

「ぢんぢんじゃねーよ！」

気分自体

私のバンド「気分自体」が、わずか三ヶ月で解散したのは、ボーカルの私が思うように歌えなかったからである。結成理由自体、私が「バンドのボーカルをやってみたい」だったので、解散して当然とも言える。付き合ってくれたみんなが優しかったとしか言いようがない。バンドメンバーは元彼、妹を含む五名であった。

と、平塚くんに話したら、「フットサルチームもつくってやめたって言ってなかった？」と言われた。そうだった。ＦＣミダリニは、私がフットサルをしたいという理由で始め、二回連続で雨で中止になったため解散した。私は何かやり始めたいけどくじけやすいのだ。私はニートで暇なんだけど、みんなは案外暇じゃないし。

十七時半の居酒屋まろがたけにはまだ私と平塚くんしかいない。平塚くんは、もんもんれもんサワーの二杯目を頼んだ。私もビールが終わったので、いつものように井筒ワインをグラスで。

「でも、気分自体が終わったのは私だけが原因じゃないんだよ」と、私は聞かれてもいないのに言い訳を始めた。

「スピッツのカバーをやってたんだけど、あまりにも自分の声が草野さんとかけ離れていることに絶望して、KANA-BOONもうまく歌えないから、これはオリジナル曲をつくるしかないと思って」

「それ、やんやんが歌えないってだけだけどね」

平塚くんは、高校時代、バンドでギターボーカルをやっていたのだった。Arctic Monkeysとかを歌っていたらしい。カラオケに一緒に行ったら、歌がうまいのでかっこいいと思い、付き合ってもらうことにしたのだ。平塚くんは編集者一年目で、しかし今日はやる気が出ないと言って仕事を休んだから、暇な私と飲んでいる。

「バンドの名前で、登場して最初にやるような曲があるといいじゃん？　短い曲をさ」

「気分自体？って、ヤバいバンド名だけど、曲名になってもヤバいな」

「で、作曲を妹のチョムに頼もうと思って」

平塚くんは、店に入るなり頼んだ焼きとうもろこしを食べながらスマホをいじっている。画面が汚れると思うんだけど。私は浅蜊のなめろうを食べている。店長筒井さんの今日のオススメである。

「けど、チョムが曲つけてくれなかったんだよ」

「チョムスキーももう社会人なんでしょ？」

「まぁそうなんだけど。でもほんとに短い曲なんだよ？」

「歌詞が悪かったんじゃないの」

「いや、歌詞はなかなかいいよ」

そう言って私は、スマホのメモを見せた。

気分自体

作詞：やんやん

転がるチーズを追うイギリスの奇祭
それが行われる世界カワウソの日

この気分自体
どうってことないけど
この気分自体
どうってことないけど

僕らはかすみ草を束ねて吊るす
木造建築に映えるね　いいじゃん

僕の気分自体
どうってことないけど
君の気分自体
どうってことないけど

「どう？　ちなみに『世界カワウソの日』は五月三十日だよ」

「みんなの反応はどうだったの……」

「松平さんは、『やんやんやないとつくられへんな』って言ってた」

「……その歌詞はさ、一周半まわって、ダメじゃない？」

「そうかなぁ。これ歌ったあとに『こーんばーんは～！　気分自体デッス!!』って言って
ライブ始めたらいいいと思ったんだけど」

「どこに出演するつもりだったんだ」

「ほら、学生バンドとかが箱ライブするようなとこで」

「思ったより志は低いな」

居酒屋まろがたけの名物、竜田揚げのてんこ盛りたつた山が来たのでがつがつ食べる。竜田揚げにはビールとお思いかもしれないが、ここは店主が独自に焼酎をブレンドしたしら浪をロックで頼むのが筋である。はぁ、この生姜と片栗粉のハーモニー。落ち着きますなぁ。

「ところでやんやん、前言ってた明日の近代文学館のイベント行く？」

「帰り下北まで歩いて餃子食って帰るならよいよ」

「下北沢行くなら『古書ビビビ』に寄ろう」

「餃子さえ食えれば文句は言わん」


平塚くんとは別々に住んでいて、週に一度くらい会うのだけれど、私はできれば同棲したいと思っている。でも、平塚くんは同棲イヤなんだって。まぁ、私だって親に家賃払ってもらってるんだから、同棲したら家賃どう折半するんだって話だわな。でもさぁ、じゃあなんで付き合ってるわけ？　好きなら一緒に住みたいって思わない？　うーん、そう思わない「好き」もあるのか。そもそも好きじゃないのか。
この気分自体どうってことないけど。

世界のヤヤ

目の前にドアがあったので開けて入った。

中は、暗くて広くて、降りていく簡単な階段が延々と続いている。見下ろすと、大きな作業台でたくさんの人が作業している。

工場のなかだ、と思った。ここが一階だとすれば、人々がいるのは地下五階くらいのところで、そのへんはだいぶ明るいのだが、今から降りてゆく階段には、非常灯くらいの光しかなく、心許ない。

すると誰かが階段をのぼってきた。ヤヤだった。

「こーくん、もしかして、揚げ茄子食べ過ぎた?」

たしかに、さっきまで長茄子二本分を油で焼いて、焼肉のタレで食べていた。はて、ここはどこだ。

「ヤヤと別れるとね、油のしみた茄子が食べたくなるようにできてるのだよ。んで食べ過ぎると、この扉が開く。ここはヤヤが管理してる並行世界なのだよ。Wikipedia のパラレルワールドの項目に『〈この現実とは別に、もう一つの現実が存在する〉というアイディアは、〈もしもこうだったらどうなっていたのか〉という考察を作品の形にする上で都合がよく、パラレルワールドはSFにおいてポピュラーなアイディアとなっている』と書いてあるとおり、非常にオーソドックスな展開だけど、ついてきてくれますか？」

「とりあえずついていこう」

そういえば、ヤヤとは一週間前に別れたのだった。別れた原因は、僕がヤヤと結婚しないことを決めたからだ。僕は、ヤヤが常々結婚したいと言うのをはぐらかし続けていたんだが、あるときヤヤが小学校の友達の結婚式に行って帰宅した途端、結婚するか別れるか、と迫ってきた。僕は、何も言わずにヤヤの家を出た。

これからも友達として仲良くしよう、と通り一遍のことを言ったけれども、いざ別れてみると、ヤヤは一瞬にして次の好きな人をつくり、それをツイッターの鍵アカに書くために僕のアカウントをブロックしたりして、なんだか僕は気落ちして、油まみれの茄子を食べていたのだった。

目の前をゆくヤヤは体から光を発しているらしく、階段は楽に降りられた。

「はい、ここは作業所です。十八歳から七十歳までの男女百人くらいが働いています」

大きな作業台は三つあり、それを囲むように白衣を着た人たちが立ち、何かをつくっている。

「この台のみなさんは、パンを捏ねてるの？」

「パンの種みたいでしょ。これは何にでもなる種。こーくんは、いちじく好きよね」

そう言ってヤヤは、一番手前のおじさんが捏ねている白い生地を、てのひら分くらいちぎって、手で丸めた。ヤヤが手をひらくと、そこにはいちじくがあった。いつの間に色を塗ったのか。作業台の横にぶら下がっているビニル袋を一枚ひっぱって取り、いちじくを入れた。

「これ、おみやげ。作業所見学の」

「ありがとう」

「来てくれた人にはいつも渡すの。まあ、茄子食べすぎた歴代の元彼ね。今までのお礼ってなことで。それ以外でつくってるのは、この世界の要素」

「液体とか、概念とかも、みなさんがつくるの？」

「液体はあっちに蛇口があって、そこから出るやつでなんでもつくれる。ポンジュースの蛇口みたいでしょ。概念は、ひとり担当者がいる……んだけど今日は来てないな」

「休日もある？」

「三日働いたら一日休んでいいシステム。このフロアの下がマンションになってて、作業員さんたちはそこに住んでる。このフロアにはあとふたつ主要な部屋があってね。両方ヤヤの部屋なんだけど。というか、ヤヤの頭が考えつくことしかないからさ、並行世界とはいえ、規模が小さいんですようちは」

「じゃあさ、なんで地下なの？　ヤヤは太陽とか草花が好きなのにそういうのがない」

「それはね、ヤヤがかなしいから」

「かなしいのか」

作業所から右に進むと、ミュージシャンが練習で入るスタジオのような扉があって、そこに入った。中には、机と椅子があるだけで、ほかにはなにもない。

「ヤヤの部屋？」

「ここは新しいものをつくる部屋。そうだな、こーくんなんでもいいからお題出して」

「仏法僧」

「じゃあ、重ね着」と、ヤヤ。

「取り合わせ？」

「そういうわけでもない。はい、じゃあ、仏法僧と重ね着」

机に、鳥用の古着的なものを重ね着した鳥が現れた。鳥自体はきたない青色で、とても嫌そうな顔をしている。嘴はオレンジだ。

「仏法僧は、元の世界には持ち帰れないね」

「じゃあもうひとつの部屋に行こう」

ヤヤは仏法僧を手にとまらせて、次の部屋のドアを開けた。

そこは小さなバルコニーになっていて、手すりの下には夕暮れの街が広がっている。

「この街には出られるの？」

「出られない。いつも夕暮れだし。煙とか灯りとかは動くし奥行きもあるけどさ、まあハリボテですよ」

「ここは何をするところ？」

「ここは、つくったものを捨てる部屋。おもしろくないものは全部ここから投げるの」

ヤヤは、仏法僧を飛び立たせた。

「作業所と、つくる部屋と、捨てる部屋以外は、ないの？　お風呂とか、書庫とか」

「そういうのはない。わたしは寝ないし、汚れない。あ、トイレだけある。おしっこ近いからね。でも、この世界においてわたし自身は、誰か来てくれたときにだけ案内係として機能する」

「ほんとにそれでパラレルワールドと言っていいのか」

「バレた？　実は、違うんだ。さて、こーくんはそろそろ帰る時間だ。階段を上ろう」

僕らは、はじめに降りてきた階段とは違う階段を上り始めた。この階段は、降りても上ってもまったく疲れないようにできているらしい。

「ドアを出たら普通に帰れるわけ？」

「そうだよ。俗に言う『夢オチ』ってかんじで、たぶん茄子食いながら寝てたってことになってる。世界はほとんど変わらないんだけどね」

「なにか変化もある？」

「戻った世界には、ヤヤだけいない」

「いやいや、ヤヤがいなくなったらみんな気づくでしょう」

「違うの。ここに来ちゃうと、出口はひとつしかない。ヤヤのいない方の世界に、こーくんは戻るよ。それこそがパラレルワールドかもしれないけど、ヤヤがいないくらいでは、世界はなにも変わらないから」

「やだよ、それならここで作業員として働く。休みがちな彼の代わりに概念を担当しようか」

「作業員さんたちは、実は人間じゃないんだよ。まあ、いいじゃん。ここはさ、かなしい世界だから。大丈夫、こーくんはヤヤと別れたから、ヤヤなしでも大丈夫。すぐに慣れるさ」

涙が出た。ヤヤも、光りながら泣いていた。階段を上りきったところで、勢いよく扉が開いた。そして、目が覚めた。ＳＦにおいてポピュラーなアイディアだ。茄子は一切れ残っている。皿の横にビニル袋があって、いちじくではなく、きたない青色の鳥の置物が入っていた。

「仏法僧か……いちじくじゃ面白くないと思って差し替えたな」

さて、僕はまず、この世界にヤヤがいるかどうか、確かめなければならない。

がぶり寄りではない

平塚を誘うことには成功した。
私はすでにはやめの夕食を食べてはいたが、もう一杯くらいは飲める。
平塚の家の近くの日本酒の店で、いつものように他愛ない話をした。
出雲の天穏を飲み、牛蒡豆腐とマテ貝の紹興酒蒸しを食べた。
ごちそうさまでしたと店を出て、このまま平塚の部屋に入ろうと思った。
部屋に入れば平塚もそういう気分になるのではないかと思った。

よし、今から君の部屋を見に行くかと言ったら、いやいや、と言う。
(前はこういうとき、平塚から誘ったじゃないか)
トイレに行きたくなったと言ったら、店でしてくればよかったじゃない、と言う。
(前はこういうとき、ちょっと性欲が湧いたなぁとか言ったじゃないか)

水が飲みたいと言ったら、お茶しかない、と言う。

(前はこういうとき、手を握ってきたじゃないか)

それでも部屋に入れば平塚もそういう気分になるのではないかと思った。


おしっこがもれるしお茶でいいからと言って、平塚の部屋に入った。

ユニットバスに行っておしっこをしたらトイレットペーパーがなかったので、トイレに座ったままドアを開けてドアの外にあるトイレットペーパーをとって拭いた。

トイレットペーパーがなかったから座ったままドアを開けてドアの外にあるトイレットペーパーをとって拭いたと言ったら、そういうこともありますと言われた。

君はまだ、性欲は湧いていないのか。


豪華な本を見せてあげましょうかと言われた。

豪華に装幀し直された『悪の華』だった。

私は豪華な本より平塚の裸が見たい。

お茶を注いでくれたので飲んだ。

私はお茶より平塚のアレが飲みたい。

平塚の腹をつついたら、露骨に嫌な顔をする。


じゃあ帰るよと言って靴を履いたら、やれやれといった様子で平塚が玄関まで送りに来た。

平塚が少し向こうを向いた瞬間に抱きついてみたが、「がぶり寄り！　がぶり寄り！」

と突きはなされた。


君、それはがぶり寄りではない。


伸び上がってキスを迫ったが避けられた。

ほっぺでいいからと言ったのにそれもダメだという。

私は傷ついた。

平塚だけは私のことを嫌いにならないでいてくれると思ったのに。

もう私に性欲が湧かない体質になってしまったのか。

私のアシンメトリーな髪型がいけないのか。

スカーレット・ヨハンソン似の彼女でもできたのか。

それとも、私に彼氏がいるからいけないのか。

私に彼氏がいるくらい日常茶飯事ではないか。

私は平塚の手の甲にキスをした。
私は悲しい顔をした。
私はごめんと言って、部屋を出た。
タクシーを拾おうとしたらパトカーだったと平塚にＬＩＮＥした。
パトカーならタダじゃんと返事がきた。
パトカーに乗って帰るよ。
彼氏のもとに。

はつゆめ

初夢のヘリコプターのなか明るし

その人と私がどのくらい思い合っているのかわからなかったから、広島に行くことにした。松山からフェリーに乗った。呉に迎えに来てもらい、御手洗や広島市内をドライブ。

山を巻く紐のごとくに港町
初春の夕焼泡立つ空の底

夜はハギのお造りや牡蠣フライを食べた。ひろしまドリミネーションが最終日で、酔っぱらった私はカラフルな電飾の中を駆け抜けた。

淡雪の橋なり川に灯を配り
牡蠣殻を重ねし指を拭き拭きす

翌日は朝八時に家を出て、宮島へ。朝は干潮で鳥居まで歩いた。

紅梅の蕾またたく朝にゐる
雪雲に鳥居の渋くなりゐたり

本殿を参拝してロープウェイに乗り、そこから登って弥山まで。狭くて絹のような海にやわらかな島、天国的な景色に見とれた。下山すると潮が満ちていて、鳥居は海の中にあった。

あをはたの小舟のひよいと瀬戸の春
この島のむかひの島やもつこりと

昼食は広島風お好み焼き。初めて鉄板からコテで食べた。上手だとほめられた。

こんなに長い時間その人と一緒に過ごすのは初めてだった。現時点でふたりの人生をすりあわせることはできなかったけれど、ふたりで過ごす広島は楽しかった。私は広島港から松山へ、そして東京へ帰った。

睦月かな船揺らさざる緑の波

小森さんでいいのか

一年前に知り合ったときから、小森さんの顔が苦手だ。

小森さんは、うちの会社のシステム関係をやってくれている、三十五歳くらいの男性である。一ヶ月に一回しか来ないときもあれば、毎日来るときもある。アルバイトの私にもやさしいし、パソコン全般に詳しいので頼りにはしているが、小森さんを見るたびに、顔が苦手だ、と思う。

私はめちゃくちゃストライクゾーンが広いことで有名なのだが、そんな私にも苦手な容姿があるということを、私自身気づくきっかけになったのが小森さんだった。真剣な表情も、にっこり笑った顔も、ダメだった。

六月の初め、小森さんと私を含む六人で、御徒町で飲むことになった。小森さんの部下の田原さん（二十八歳男性）が主催した飲み会で、五月から田原さんのさらに下に新人の徳岡さん（二十三歳女性）が入ったので、その紹介も兼ねて、ということだった。うちの会社からは、三浦さん（三十二歳男性）と高津さん（二十九歳女性）、リーダー（三十八歳女性）は子供が小さいので飲み会には来ず、代わりにアルバイトの私（二十二歳女性）というメンバー。徳岡さんと私が同学年だから話もできるだろうという配慮に見せかけて、どうも三浦さんが徳岡さんを気に入ったという噂を聞きつけた田原さんが、その二人が仲良くなるようにと仕組んだ飲み会らしかった。途中トイレに行ったり帰ってきたりしながら席替えがあり、私は小森さんの隣の席に移った。二人の恋路にまるで興味がない私と、そもそも感知していない小森さんとで、ワインが好きという話で盛り上がった。会はおひらきになり、たまたま私と小森さんが銀座線の上野広小路駅へ、ほかの四人はＪＲ御徒町駅へ、と別れたので、じゃあもう一軒ワインバーに行こうということになった。小森さんは田原町のデザイナーズマンションに住んでいて、最近御徒町界隈を開拓しているらしく、なかなかいいお店だったのだが、けっこう混んでいた。満席のカウンターで、ちょっと肩を寄せ合ったりしながら、金魚鉢のようなワイングラスでブルゴーニュを飲み、コンテ（チーズ）と枝付き干し葡萄をつついた。

小森さんは、私が大学生であることは知っていたが、大学名までは知らず、早稲田だと言ったら僕もですよ、僕は理工だけど、と嬉しそうだった。丸ノ内線の新中野駅が最寄りだと言うと、じゃあ今日はちょっと遠かったね、今度は新橋で飲もう、と言ってくれた。フェイスブックで繋がったので、帰りの電車で「今日はありがとうございました！　小森さんと仲良くなれて嬉しかったです！」と送った。小森さんは三十七歳バツイチだった。顔は苦手だけど、いい人だなと思った。

ほどなく新橋で飲むことになり、そこはカウンターしかないビストロで、ビオワインをぐいぐいと飲んでしまった。小森さんはさすがにワインに詳しく、酔っ払っていたので覚えていないけれど、いろいろ教えてくれた。小森さんは、私のことをとても褒めてくれて、それが好意からだということもわかり、すごくいい気分になって、店を出て、夜道を一緒に日比谷公園まで歩いた。

二人でベンチに座って、夜の噴水を見ていたら、カップルが二組、いちゃいちゃしながら通り過ぎて行った。このまま私たちも付き合った方がいいような気がしたときにはもう、「小森さん、私と付き合います？」と、言っていた。小森さんは、いや、僕から言いたかったんだけど、僕バツイチだしさ……と言った。そんなのは問題ではないと思った。私は翌日学会の準備があったので、私からキスをして、駅まで手を繋いで歩いて、別れた。顔が苦手なのも、付き合えば慣れるだろうと思った。

週末、小森さんのデザイナーズマンションにお邪魔することになった。駅の出口で待ち合わせて夕方から蕎麦を食べて、ワインを買って家で開けるという予定で、そのあと泊まることになるだろうとお泊りセットも持参することにした。

地下鉄の駅から地上に出ると、まださっぱりと明るかった。晴れた六月の十七時は素敵なものだと思った。しばらくして小森さんが笑顔でやって来るのを見て、私はぞっとした。顔が、めちゃくちゃ苦手なのだ。いや、そんなことはわかっていたじゃないか、と平静を装って蕎麦屋に入り、テーブル席に座った。正面に小森さんがにこにこしている。顔を上げることができない。そこでようやく気づいた。

御徒町飲み会のとき、はじめは小森さんと対角の席にいて、顔を見なくて済んだ。そのあと横の席に移ったから、ほとんど顔が見えなかった。二軒目のワインバーも、新橋のビストロも、夜道を歩くのも、日比谷公園で座ったのも、すべて私は小森さんの横にいたから、ほとんど顔を見ていない。さらに、仕事で話すときも、だいたいは同じPCを見ながらなので、顔は向かい合わない。向かい合って顔を長い時間見るのは、ほぼ初めてなのだ。うーー！　無理！　いや、これからじゃないか。前、あんまりタイプじゃない顔の松平さんと付き合ったときは、案外すぐ慣れたし。デザイナーズマンションだし。もうちょっと我慢しよう。我慢というか、慣れるのを待とう。

蕎麦を食べ終え、コンビニでワインとチーズを買い、マンションに着いた。たしかに少し奇抜な外観だ。「まぁ賃貸だから、いつでも引っ越せるし」と、私がこのマンションを気に入らないことを懸念して小森さんは言ったが、私は勝手に賃貸ではなく購入してるんだと思っていたよ。部屋に入った。狭い！　1Rである。しかも、ベッドもダイニングテーブルもない。大学生の部屋にあるような折りたたみちゃぶ台のようなものに、ワイングラスが用意されていた。部屋の隅には、布団が丸められている。「じゃあ、飲もうか」と、フローリングに座る小森さん。ちゃぶ台には、私が家で飲むのと同じコンビニのワイン。せめて、これがめちゃくちゃいいワインであったなら。

雰囲気を和ませようとした小森さんが、話のタネにとクローゼットから取り出したのは、高校の卒業アルバムだった。「どこにいるかわかる？」と言われても、別に探したくない。えー、どこだろう、と適当にめくっていたら、「これだよ、けっこうよく写ってるでしょ？」。いやいやいやいや、今も昔もどっちも無理！　と思ったがここはさりげなく「今の方がいいんじゃないですか？」と返す。話を変えようと、好きな漫画を聞くと『名探偵コナン』。そういやちょっと似てますね、と言うと「やっぱりそう思う？」。たしかにコナンは面白いが、コナンに自己投影する三十七歳バツイチって一体なんなんだ。しかも似てるの眼鏡だけだし。この時点で完全にナシだなと思った。はい、ここは「遅いわ！」と突っ込むところですね。

付き合えそうという理由で「付き合います?」と言った自分をひたすら責める。あと、お洒落な人はそもそも「デザイナーズ」マンションに住んでるって自分から言わないということに気づくのも遅すぎる。バツイチの理由を聞くと、「妻が離れていったんだよね」とのこと。もう、もはや顔が苦手とかどうでもいいし、私は坂口健太郎くんと中野坂上の億ションに住みたい。と思いながら、フローリングに布団を敷いてセックスをした。真っ暗かつ、しゃべるの禁止で。

鈴鹿さんと結婚すれば

実家のある松山での仕事を引き受けたので、いつもの帰省と同様に東京の家を出たのだが、すこぶる体調が悪い。京急をホームで待っているときも立ちながらにして意識が飛んでいた。空港でもずっとふらふらしていて、飛行機に乗って気づいた。「私、熱がある」「たぶんインフルエンザだ」。

松山空港からそのまま内科へ行き、熱をはかると三十八度七分で、インフルエンザの検査もはっきりと陽性。

けれども仕事というのが、地元薬局と大手化粧品メーカーが組んでやるメイクと俳句講座、のようなもので、私はがんばって行こうと思ったけれども、来るなと言われてしまった。もともと「このイベント、俳句必要なのか……？」と思っていただけに、無力感に苛まれた。

実家といえども両親は働いているから、インフルエンザの私は一人で留守番をしながら電話で俳句講座をやり、どうにかやり終えて、布団に入った。はやめのタミフルのおかげで、もう高熱というほどでもなかった。

ふと思い出したのが、「文香ちゃんは鈴鹿さんと結婚すればいいよ」という小林さんの一言だった。

鈴鹿さんとは会ったこともないし、どんな人かも知らない。「鈴鹿さんはねぇ、大学の先生で、音楽もやってる人。住んでるのは三重だけど、絶対いいと思う」。小林さんは、鈴鹿さんと、ライブで一緒だったことがあるという。小林さんは占い師でもあるので、これはかなりいいかもしれない、と思ったのだった。

さっそくGoogleで鈴鹿さんを検索すると、うちのお父さんより何才か年下の、ハゲで眼鏡のおじさんだった。ハゲ眼鏡は嫌いじゃない、むしろ好き。この人をすすめてくる小林さんのセンスに唸った。ウェブサイトを見たら、短いラジオをたくさん配信している。どうせやることもないので、ラジオを聴いてみることにした。

なんだこの甘い声は！ あのおじさんからこの声が出ているのか！ そして共通語に時折混ざる関西弁がいい。かと思えばずっと関西弁、かと思えばギターを弾きながら歌いだした！ なんなんだ！ クセになって、ラジオを貪るように聴き続けた。インフルエンザで寝ている私へ、枕元のiPadから、おじさんのセクシーボイスが降り注ぐ。

鈴鹿さんは大学の先生であるというのに、バンドを組んでCDまで出しているらしく、YouTubeに音源があったのでそれも聴きまくった。鈴鹿さんがアコースティックギターとボーカル、ほかにエレキギター、パーカッション、バイオリンという変わった四人編成で、鈴鹿さんの乙女な声とバイオリンが絶妙にマッチする。いつの間にか私は鈴鹿さんの虜だった。

俳句の友人の北村にその話をしたら、「その人、僕今度一緒に仕事する人だ」と言う。なんという偶然！　九州で行われるシンポジウムに、パネリストとして登壇するうちの、一人が北村で、一人が鈴鹿さんらしい。

インフルエンザが完治した私は別の熱が出たのか、鈴鹿さん宛に手紙を書き、北村に渡してもらうことにした。内容は、ラジオと歌を聴いて素晴らしかったこと、ラジオの内容は文字起こしして本にできるのではないか、それなら私がやります、ということ。そして、小林さんに「文香ちゃんは鈴鹿さんと結婚しなよ」と言われたこと。

会ったこともない人にこんな手紙をもらったら引くだろう、というのは、このときは気づかなかった。私はもう、鈴鹿さんと結婚できるなら三重に住んでもいいと思った。

鈴鹿さんと北村が仕事をするという日、ドキドキしていたら、午前中に北村から連絡がきた。「残念、鈴鹿さん、奥さんいるみたい」。……そ、そこか。っていうか、小林さん、そこ知らないのに私に結婚すればいいって言ったのか。帰りの新幹線で鈴鹿さんは、あろうことか北村の前で私からの手紙を読んだらしい（私はそれを聞いて初めてその手紙が恥ずかしいものであることに気づいた）。ひょーー!!

ということで、「会ったことのないおじさんにラブレターを送り失恋する」という奇妙な事態が完結したわけだが、鈴鹿さんはそのあとメールをくれて（あんなキモい手紙に！なんてやさしい人！）、北村と三人で東京で飲み、それ以来鈴鹿さんと私はことあるごとに飲むようになり、さらに私は鈴鹿さんの妻の容子さんとも仲良くなって、私と光太郎と容子さんの三人で遊んだりした。容子さんが、彼氏交換しようよ！と言って（鈴鹿さんと容子さん、入籍はしていないようだ）、でも稼げるのが鈴鹿さんだけじゃないですか、じゃあ四人で暮らすか、などと言い合って、楽しかった。容子さんと私は、ちょっと似ている。

私の好きな人はみんな私の家族になればいいんだ。

さとるくん

かものはしが見たい。が、かものはしは日本にはいない。だから、オーストラリアに行きたい。私がそう言うと、さとるくんは、じゃあオーストラリアに行こう、と言った。

私はさとるくん、と呼ぶけれど、さとるくんは私より九歳年上で、ふだんは官僚をしている。さとるくんはあまりしゃべらない。だいたいは、私の話を聞いて笑っている。

さとるくんは、私がツイッターでつぶやいたことをすべて把握している。私の友達もフォローしているので、会話まで知っている。インスタグラムで写真をアップすると、必ずすべてに「いいね！」をする。私がラインで自撮りを送ると、さとるくんも自撮りを送ってくれる。

そんなさとるくんと、オーストラリアに行く。休みの日に一緒にＪＴＢのカウンターに行って、メルボルン&シドニーのツアーを予約した。お金は全部さとるくんが払ってくれるようだ。ナマかものはしが見られるなんて最高なので、さとるくんは最高だ。

海外旅行といえば、私はドイツに二回行ったことがある。ドイツ語はグーテンモルゲンしか知らず、英語もほとんどしゃべれないが、持ち前のコミュニケーション能力で、なんとかなった。さとるくんは、仕事でワシントンとボストンに行っただけらしいが、たまに洋書を読んでいるので、私よりはだいぶ英語ができる様子だった。さとるくんは体も大きいし、安心だ。

＊

さとるくんとのオーストラリアは、天気もよくていいかんじだった。日本人のスタッフのサポートがあったから、あまり英語をしゃべらなくても大丈夫だった。レストランではいつも私がオーダーした。

そしてもちろん、ふたつの動物園に行って、かものはしを見た。かものはしは前足で水を掻いてよく泳ぐ。写真を撮ろうとしてもブレまくるので、動画を三本録った。かものはしはくちばしが可愛い。くちばしを振りながら泳ぐ。

かものはしピアス、かものはし写真集、かものはし絵本など、自分用にかものはしお土産をたくさん買った。お土産屋さんに行くたび、さとるくんも一緒にかものはしを探してくれた。さとるくんも、かものはし好きになったと思う。

帰りの飛行機の時間にあわせて、スタッフがホテルに迎えに来てくれることになってい
て、それまでちょっと時間が余ったので、最後にもう一度お土産屋さんに行くことにした。
すでに一度行ったお土産屋さんで、そのときはとくに買うものはないか、と言って出た店
だった。さとるくんは、私のお土産探しにばかり協力して、自分のお土産をあまり買って
いなかったから、ちょうどよかった。

さとるくんは、さとるくんのお母さんに、そこそこ貴重らしい蜂蜜を買った。それはよ
い。それと一緒に、コアラのチョコクッキーも三箱買った。最近子どもが産まれた従姉妹
たちにあげると言う。私は怒った。

私たちは、事前にお土産を選んで旅行後に宅配してもらえるサービスで、コアラのマカ
ダミアナッツクッキーを三箱頼んであった。コアラのクッキーくらい常識的なものであれ
ば、職場の人にばらまくならともかく、わざわざ従姉妹宛に、オーストラリアで選ばなく
てもいい。せっかくオーストラリア土産を買うなら、これまでの時間にいくらでも一緒に
選んであげられたのだ。というか、そもそも従姉妹にオーストラリア土産を買う必要があ
るのか。そういえば、さとるくんの部屋を詮索したとき、まっさらな年賀状が何十枚も見
つかったことがあった。あげるかはともかくとして、とりあえず買わないと不安になる、

というタイプなのか。せっかく私は、オーストラリアでしか買えないかものはしグッズに囲まれて幸せなのに、さとるくんはコアラかよ。コアラは多摩動物公園にもいるじゃないか。

でも、自分でも、別に怒らなくていいことで怒っているという自覚はあったから、だんだんうやむやに機嫌を直した。帰りの飛行機で、私が買った「オーストラリアの動物シール」を取り出し、私のスマホカバーにかものはしシールを、さとるくんのスマホカバーにウォンバットシールを貼った。私が「コアラよりウォンバットの方がいいよ」と言ったら、さとるくんは「そうだね」と言った。さとるくんの電子辞書カバーにはハリモグラシールを貼った。私が「コアラよりハリモグラでしょ」と言ったら、さとるくんは「そうだね」と言った。私はさとるくんの頭をなでなでした。さとるくんは撫でると喜ぶのだ。私たちは無事、帰国した。

さとるくんは従姉妹にコアラのクッキーを渡しそびれた。

二ヶ月経ってしまったクッキーを、私たちはふたりで食べた。

三ツ重

「おれのこと好きか」

「うん」

「どのへんが」

「難しい問いやな」

「難問か」

「すくなくとも僕にとってあやさんは腹の立つ人間ではない」

「おれには腹が立たんか」

「立たんな」

「そうか」

「僕は極端なんや。人のことを考えるか、自分のことを考えるか」

「じゃあ今日はおれを思ってしてくれたんか」

「あやさんがいやなことはいややと思っとる」

「そうか」

「泣かんよ？　君、泣くと目が三ツ重になるから」

「もうなっとる。最近はずっと左が三ツ重や」

「コーヒーでも飲も」

「かふぇあめりかーのって知っとるか」

「アメリカーのカフェか」

「えすぷれっそのお湯割りや。おれがバイトしとったカフェではほっとこーひーと言って
それを出しとった」

「あながちまちがっとるな」

「あながちが打ち消しの語をともないわすれとるな」

「ガチムチってあるやん」

「あるな」

「前『ガチムチ』で検索したらさ」

「うん」

「ニコ動に人気の『ガチムチ』動画千四百八十五本って」

「そんなにか」
「無知やったな」
「なあ、平塚光太郎くん」
「なんや」
「おれには腹が立たんか」
「うん」

初出

「ラブホで羊羹」
新しい音楽をおしえて（二〇一四年十一月）

「エッチな話は」
君に目があり見開かれフェア用リーフレット
（二〇一五年一月）

「はつゆめ」
里（二〇一三年三月）

「三ツ重」
翻車魚 vol.1（二〇一七年十一月）
改稿・改題し掲載しました。
その他二十六篇は描き下ろし作品です。

そんなことよりキスだった

２０１８年12月31日　第１刷発行

著者　佐藤文香

発行者　小柳学
発行所　株式会社左右社
〒１５０-０００２
東京都渋谷区渋谷２-７-６
金王アジアマンション５０２
ＴＥＬ　０３-３４８６-６５８３
ＦＡＸ　０３-３４８６-６５８４
http://www.sayusha.com
印刷・製本　創栄図書印刷株式会社
装幀　佐藤亜沙美
装画　山本さほ

ISBN 978-4-86528-216-0